www.tredition.de

AF204273

Uwe Trostmann

Fake

oder die Wahrheitsmacher

Roman

www.tredition.de

© 2020 Uwe Trostmann
2. überarbeitete Auflage des Titels „Fake – Der Lügenfaktor"

COVER DESIGN: Jochen Pach, www.oryxdesign.de

Verlag & Druck: tredition GmbH, Halenreie 40-44, 22359 Hamburg

ISBN
Paperback: 978-3-347-02379-6
Hardcover: 978-3-347-02380-2
e-Book: 978-3-347-02381-9

Jeder Roman ist ein Werk der Fiktion. Das gilt auch für Fake – oder die Wahrheitsmacher. Es besteht kein Zusammenhang mit lebenden oder historischen Personen.

Der Autor stellt in seinem Roman die Auswirkungen einer zunehmenden politischen und sozialen Verrohung der Gesellschaft dar. Die Entwicklung dieser fiktiven Gesellschaft wird hoffentlich nie Realität werden.

Dank an meine Lektorin Frau Friederike Schmitz (www.prolitera.de) für ihre guten Anmerkungen und Hilfe bei der Überarbeitung der ersten Auflage.

-

Fake

oder die Wahrheitsmacher

Roman

Eine Demokratie ist nur so stark wie die Menschen, die hinter ihr stehen. Je weniger das sind, desto anfälliger wird sie gegen Angriffe von innen.

Inhalt

Katerstimmung

„Steh endlich auf! Wo hast du dich wieder die ganze Nacht herumgetrieben? Total besoffen nach Hause gekommen und noch nicht einmal die Kleider ausgezogen. Du stinkst noch nach Kneipe!"

Lilly schob sich eine Scheibe Brot mit Marmelade in den Mund und spülte mit Kaffee nach. Hans Weiser lag auf dem Sofa, sein Kopf brummte. Der brummte immer. Zumindest solange er keinen Alkohol bekam. Wo war er letzte Nacht gewesen? Er schob sich vom Sofa, fiel beinahe hin, schaffte es aber bis zum Stuhl.

„Du siehst wieder furchtbar aus", nörgelte Lilly. „Dein restliches Geld hast du bestimmt versoffen, und wir haben kaum noch was zum Essen. In die Hose hast du ein Loch gerissen. Hast du dich geprügelt?"

Hans murmelte etwas Unverständliches von Putzen und meinte wohl die Arbeit seiner Frau. Lilly konnte immerhin noch viermal in der Woche putzen gehen, er steuerte Hartz-IV-Geld bei. Manchmal. Meistens ging es ihm auf dem Heimweg in diversen Häusern verloren. Und in diesen Tagen war sein Heimweg besonders lang.

Langsam bekam er die Augen auf, zumindest eines. Übel sah es in ihrer Einzimmerwohnung aus. Überall lagen alte Kleider, leere Dosen und Zigarettenschachteln herum, gewaschene Klamotten hingen auf Leinen quer durch Küche, Zimmer und Bad. Und Lilly war auch keine Schönheit mehr, fand Hans. Ihre Haut war faltig, ihr Busen hing, ihr Bauch war größer als ihre Brüste. Die Haare, inzwischen mehr grau als blond, standen wirr von ihrem Kopf ab. Die ausgebeulte Jeans

11

und der geflickte Pullover ließen ihren Körper unförmig aussehen.

„Und du lässt dich gehen", kam es aus seinem Mund.

„Sehen deine Nutten besser aus?"

„Bei denen hängt wenigstens nichts im Zimmer herum."

„Sei froh, dass es hier noch jemanden gibt, der dein versautes Zeug wäscht."

„Gibt es hier noch Kaffee?"

„In der Kanne. Wenn er dir nicht reicht, mach dir neuen. Ich muss jetzt arbeiten gehen. Im Gegensatz zu dir. So 'nem Typen wie dir gibt sowieso keiner Arbeit."

Hans nahm ein paar Schlucke von dem dünnen Kaffee und sah zum Fenster hinaus. Er und Lilly hatten vor 25 Jahren geheiratet. Immer in der Hoffnung, eines Tages viel Geld zu verdienen und ein schönes Leben zu haben, schufteten sie. Doch Hans verlor einen Job nach dem anderen. Er hatte nichts gelernt, also gab man ihm nur Hilfsarbeiten. Er begann zu trinken. Lilly hatte Näherin gelernt, aber nachdem die Besitzerin den Laden geschlossen hatte, fand sie keinen passenden Job mehr. Sie versuchte es mit einer eigenen Schneiderei, aber die Kundschaft blieb aus. So konnte sie nur noch putzen gehen. Ihre kleine Wohnung konnten sie gerade noch bezahlen. Anders als bei Nachbarhäusern hatte der Hausbesitzer noch keine Renovierung angekündigt.

Lilly nahm ihren alten Mantel und die Mütze und ging los.

„Du könntest ein paar Sachen einkaufen."

„Was?"

„Schau in den Kühlschrank. Der ist leer. Beim Türken an der Ecke kannst du anschreiben lassen."

Jetzt war Hans alleine zu Hause. Eine schreckliche Leere überkam ihn. Er roch die alten Kleider an sich und hatte das Bedürfnis, sich etwas anderes anzuziehen. Den Kopf aufgestützt trank er den Kaffee. Durch die Wände konnte er Stimmen aus anderen Wohnungen hören, draußen fuhren Autos vorbei, ein paar Kinder spielten auf dem Gehweg. Er versuchte sich an den gestrigen Abend zu erinnern. Mit ein paar Leuten war er in den Hirschen gegangen. Wo kamen die Leute her? Er wusste es nicht mehr. Und dann hatten sie ein Bier nach dem anderen getrunken. Über was hatten sie geredet? Zwei hatten sich ständig über Fußballclubs gestritten. Hans hatte das wenig interessiert. Als man sich dann über die vielen Ausländer in den Vereinen aufregte, mischte auch er sich ein. Der Wirt hatte sie um Mitternacht hinausgeworfen. Irgendwie hatte Hans es nach Hause geschafft. Er war durch den Matsch einer Baustelle gelaufen, zweimal beinahe hingefallen, aber dieser Weg war kürzer. Mit dem gewohnten Einerlei der Geräusche im Hintergrund fiel sein Kopf auf die Tischplatte. Er war noch einmal eingeschlafen.

Etwas weckte ihn. Er war aufgeschreckt, wusste aber nicht, wovon. Dann hörte er das Geklapper des Briefkastens. Der interessierte ihn wenig. Im Badezimmer zog er sich aus und wusch sich. Im Spiegel schaute ihn jemand an, der ihm fremd vorkam. Seine Haut war faltig, ohne Farbe, und sein Bauch wölbte sich vor. Seine Haare waren auch schon länger nicht geschnitten worden. Mit 47 ist man alt, dachte er. Er und Lilly hatten einmal gut ausgesehen, waren ein schönes Paar, schlank und sportlich. Viele Pläne hatten sie gehabt. Sie wollten reisen, und in ihren Träumen tauchte auch ein eigenes Haus auf. Nichts

13

war daraus geworden. Hans hatte weder eine Lehre zu Ende gebracht noch es länger in einem Beruf ausgehalten. Wegen des Alkohols hatten sie ihn hinausgeworfen. Und Lilly hatte auch keinen Erfolg als Schneiderin gehabt.

Hans rasierte sich, die Klinge ritzte ihm eine Wunde. Er suchte sich neue Sachen. Frisch gewaschene Hemden und eine Hose hingen auf einer der Leinen in der Wohnung. Das beste Jackett fand er im Schrank. Er hatte es schon lange nicht mehr angezogen. Vielleicht bei der letzten Arbeitssuche. Seine schlammigen Schuhe wusch er im Spülbecken, zog sie an, und jetzt sah er ganz gut aus, meinte er.

Dann würde er jetzt mal zum Türken gehen. Vielleicht bekam er da noch etwas. Geld hatte Lilly wieder einmal nicht dagelassen. Wo war denn seines? So ganz ohne wollte Hans das Haus nicht verlassen. Er kramte die Hose von gestern durch und fand ein paar Scheine. Dann ging er los. Die Sonne kam langsam hinter den Wolken hervor und die Menschen auf der Straße sahen für ihn schon etwas freundlicher aus. Der kleine Laden um die Ecke war kein Supermarkt, man bekam aber alles. Hans musste warten, bis ein paar ältere Frauen ihren Tratsch losgeworden waren. Es roch hier anders als in den Supermärkten. Wurst, Käse, Früchte und Gewürze verbreiteten ihre Aromen. Ihm gefiel der Laden. Mit Brot und Wurst und ein paar Flaschen Bier machte er sich wieder auf den Weg nach Hause. Der Besitzer hatte ihn anschreiben lassen. Hans wollte die paar Scheine, die er in der Tasche hatte, nicht ausgeben.

Der Sommer war vorbei und der Herbst machte sich mit dem einen oder anderen kühlen Regenschauer bemerkbar. Jetzt drangen ein paar Sonnenstrahlen durch das kleine Küchenfenster. Was sollte er heute tun? Hans öffnete das Fenster und schaute sich um. Es passiert eine Menge da draußen, dachte er und machte es sich gemütlich. Die Arme auf ein Kissen gestützt, beobachtete er das Geschehen auf der Straße. Der Postbote lief gerade zum nächsten Haus, ein Schreiner schaffte Bretter aus seinem Kleinlaster, Leute gingen einkaufen. Hans hatte keine Arbeit, keine Eile. Doch bald fing er an, sich zu langweilen, und beschloss, etwas zu unternehmen. Ein wenig Geld hatte er schließlich noch. Er würde schon jemanden unterwegs treffen. Er verließ das Haus und ging in Richtung Innenstadt. Die Straßenbahn kam aus dieser Richtung und bog in sein Viertel ein. „Hier fahren immer noch die alten Kisten", brummte er vor sich hin. „Nicht wie anderswo." Er betrachtete die alten Wagen, und Erinnerungen aus der Jugendzeit stiegen auf.

Bubenstreiche

Jemand aus ihrer Clique war zur Fastnachtszeit auf die Idee gekommen. Dabei hatte die alte Straßenbahn, die durch ihr Wohngebiet führte, schon für manches herhalten müssen: Pfennige wurden plattgewalzt, kleine Steine zertrümmert, Nägel flachgemacht und vieles mehr. Nun aber wollten sie herausfinden, ob es schön knallte, wenn man eine oder mehrere Munitionsrollen von Spielzeugpistolen auf die Schienen legte. Ihrem Forscherdrang waren keine Grenzen gesetzt, eine Rolle war nicht teuer. Die erste war schnell auf die Schienen gelegt, sie versteckten sich hinter der Hauswand, waren aber enttäuscht über den kläglichen Knall, der von dem Quietschen und Geratter der Straßenbahn übertönt wurde. Also mussten sie mehrere Rollen nehmen. Ab fünf Rollen wurde das Ganze laut und interessant. Die ersten Straßenbahnfahrer schauten nur verwundert. Als die Knallerei noch lauter wurde, hielt einer seine Straßenbahn an und der Schaffner stieg laut schimpfend aus. Einmal war wohl ein Zufall, ein wiederholtes Mal jedoch nicht. Die Übeltäter wurden gesucht, der Fahrer bimmelte laut, um den Schaffner zu erinnern, dass der Fahrplan eingehalten werden musste. Die Jungen waren natürlich über alle Berge und die Bahn fuhr weiter. Doch mit der Zeit wurde ihnen die Sache zu heiß. Vielleicht käme doch mal jemand von der Straßenbahn-Gesellschaft oder, schlimmer noch, von der Polizei. Vor der hatten sie noch großen Respekt.

Ein Auto hupte und brachte Hans zurück in die Gegenwart. Das Kopfsteinpflaster war heute, 40 Jahre später, überall löchrig und mit Asphalt geflickt. Viele der Häuser waren während seiner Jugendzeit gebaut worden, die Innenhöfe hatten Rasen, auf dem sie Fußball spielten, auch wenn es verboten war. Im Winter waren sie mit den Schlitten unterwegs. Wo waren seine Spielkameraden von früher geblieben? Er war der Einzige, der noch hier wohnte.

Hans ging weiter. Beim Gasthaus Linde machte er kurz Halt. Auf ein Bier mit Freunden hätte er jetzt Lust gehabt, jedoch war niemand Bekanntes da.

In diesem Viertel hatten sich kleine Läden und Handwerker niedergelassen. Mohamed war Schreiner. Er hatte sich darauf spezialisiert, alte Möbel zu restaurieren. Hans schaute durch das Fenster. Mohamed war mit einem Stuhl beschäftigt. Er freute sich wie immer, wenn Hans vorbeikam.

„Hans, wie geht es dir? Hast du Arbeit?" Es waren immer dieselben Fragen.

„Ach weißt du, ich habe noch nicht das Richtige gefunden." Mohamed wusste, dass Hans gar nicht nach Arbeit suchte. Und solange Hans nicht betrunken war, konnte er ein netter Gesprächspartner sein. Mohamed lud ihn zu einem Glas Tee ein. Hans wäre ein Glas Bier lieber gewesen.

Mohamed

Mohamed war vor zwölf Jahren nach Köln am Rhein gekommen. Korruption und Krieg hatten ihn aus seiner Heimat vertrieben. Mit viel Elan baute er sich eine kleine Existenz auf. Er hielt nicht viel von Menschen wie Hans, doch er hatte Mitleid. Immer wieder versuchte er, ihn zum Arbeiten zu überreden. Mohamed hätte Arbeit für ihn gehabt, konnte ihn aber nicht bezahlen. Hans lehnte dankend ab. Mohamed erzählte von seiner Heimat, dem Land, den Bergen. Immer wieder. Er war damals geflohen, als die Extremisten ihn zu einem anderen Leben zwingen wollten. Seine Schwester hatten sie zwangsverheiratet, seine Eltern wollten nur überleben und versuchten sich anzupassen. Mohamed floh mit einer Gruppe über die Berge. Drei Wochen zu Fuß ohne viel Essen und Trinken, dann konnte er ein Flugzeug nehmen. Die Eltern hatten ihm Geld gegeben. Er fand Arbeit in einer Schreinerei; diesen Beruf hatte er schon zu Hause gelernt. Eine kleine Werkstatt mit alten Maschinen und altem Werkzeug stand zum

Verkauf, und mit dem Geld seiner Eltern und seiner Freunde konnte er sie kaufen. Es gab nicht viele, die Möbel zu günstigen Preisen restaurierten. Langsam baute er die Werkstatt aus. Er fand eine Freundin, jetzt waren sie eine Familie. Hans wusste das alles schon, hörte aber immer wieder gerne zu. Mohamed hatte wohl mehr Glück als er.

„Demnächst sind Wahlen. Ich will nicht, dass noch mehr Flüchtlinge kommen. Mit denen kommen auch Terroristen", wechselte Mohamed das Thema.

„Gehst du wählen?", fragte Hans.

„Hm, wen soll ich wählen? Die meisten Parteien wollen zulassen, dass noch mehr Flüchtlinge kommen, und die Anhänger von der Claudia Penn wollen alle Fremden rauswerfen. Wir müssten jemanden haben, der jetzt die Grenzen zumacht, aber sonst alles lässt, wie es ist."

„Ich will jemanden da oben haben, der ganz klar sagt und macht, was nötig ist."

„Was ist denn nötig?"

„Ich verstehe die Welt nicht mehr. Alle sagen etwas, aber ich verstehe es nicht." Hans beobachtete Mohamed, wie er einen alten Schrank auseinandernahm.

„Überall Gangster auf den Straßen. Alle Leute reden von diesem Internet. Ohne das geht wohl gar nichts mehr. Ich verstehe das nicht. Dann bauen sie für teures Geld neue Bahnhöfe. Wir haben doch einen. Ein riesiges Opernhaus, wozu? Ich gehe nicht in die Oper und kenne auch keinen, der da hingeht. Die Mieten werden immer teurer, und ich habe kein Geld, sie zu bezahlen. Immobilienhaie werfen die Mieter aus ihren Wohnungen, renovieren, und dann kommen Leute mit viel Geld rein. Und wer fragt uns? Was wird aus uns? In der

18

Zeitung und in den Nachrichten sagen sie, dass alles in Ordnung ist. Niemand spricht über unsere Probleme. Wir sind nicht wichtig." Hans hatte sich in Rage geredet.

„Du bekommst doch Geld, obwohl du nicht arbeitest." Mohamed sah ihn von der Seite an.

„Meine Frau arbeitet. Aber sie bekommt auch nicht viel Geld."

„Du hast viel Zeit zum Reden." Mohamed legte eine Schrankwand auf seine Werkbank. „Du hast den ganzen Tag frei."

Hans wollte weiter, diese Diskussion kannte er schon.

Er folgte den Straßenbahngleisen. Frauen mit kurzen Röcken standen in rot beleuchteten Eingängen.

Irene

„Hallo Hans. Schon unterwegs? So früh am Vormittag?"

„Irene, schon auf Arbeit? Wird langsam kälter. Der Sommer ist vorbei."

„Ja, ganz schön frisch heute."

Irene kannte die Straße und deren Bewohner gut. Sie stand schon ein paar Jahrzehnte an dieser Stelle. Früher war hier ein Bordell gewesen. Als dessen Besitzer erschossen wurde, kauften die Frauen das Haus. An diese Zeiten konnte sich nur noch Irene erinnern, alle anderen Prostituierten waren jünger. Sie mochten Irenes mütterliche Art und kamen häufig mit ihren Problemen zu ihr. Irene trug ihre langen wasserstoffblonden Haare immer noch mit Stolz. In ihrem kurzen Rock und den Stiefeln sah sie gut aus. Tolle Beine, dachte Hans.

„Magst du reinkommen? Ich brauch sowieso eine Kaffeepause." Irene lief voraus durch die Tür.

„Und wie läuft es so bei dir?", fragte er.

„Läuft heute nicht so gut. Vielleicht wird es noch. Bei den Jungen ist schon mehr los. In meinem Alter eigentlich nur nachts. Da sieht man nicht so schnell, wie alt ich bin. Ich bin aber bestimmt besser als so manche Junge."

Die Wohnung war klein und hatte eine winzige Küche. Ein schmaler Herd, ein Waschbecken. Das Zimmer für den Freier war größer und hatte rote Tapeten. Auch das Bett war rot. Irene hatte die meisten Wände mit Vorhangstoff verkleidet. Der Raum strahlte eine gewisse Gemütlichkeit aus. Die alten, ungepflegten Wände des Hauses fielen so weniger auf.

Irene hatte Make-up aufgetragen. Der Rock war immer noch kurz, die Bluse weit offen. Irene hatte größere Brüste als ihre junge Nachbarin.

„Wie lange willst du das noch machen?" Hans setzte sich aufs Sofa.

„Von wollen keine Rede. Wenn ich könnte, würde ich heute aufhören. Ich muss aber noch ein paar Jahre durchhalten, bis ich genügend Geld zusammen habe. Eine Rente gibt es nicht. Und wie sieht es bei dir aus? Arbeit in Sicht?"

„Keine. Die wollen mich nicht."

„*Du* willst nicht."

„Stimmt, eigentlich habe ich keine Lust."

„Deine Frau verdient das Geld mit Putzen. Wenn du mit dem Trinken aufhören würdest, könnte es ja noch etwas werden."

Er schwieg. Er fand die Situation auch nicht schön. Aber wollte er es wirklich anders? So war er frei. Und solange ihn seine Frau nicht aus der Wohnung warf, sah er keine Veranlassung, etwas zu ändern.

„Kannst ja ab und zu bei mir vorbeischauen. So eine wie ich hat nicht viele Freunde. Willst du einen Kaffee?"

„Gerne. Hast du auch ein Bier?"

„Nimm den Kaffee. Der ist besser für dich." Sie stellte ihm einen Becher hin.

„Wir werden hier vielleicht gar nicht mehr lang bleiben können. Die Stadt hat die Häuser verkauft, und der neue Eigentümer will diese Häuser abreißen." Irene trank nachdenklich ihren Kaffee.

„Wo könnt ihr dann hin?"

„Keine Ahnung. Straßenstrich ist nur noch außerhalb der Stadt erlaubt, und in einen Puff gehe ich nicht mehr."

„Das heißt für dich aufhören."

„Oder in eine andere Stadt ziehen."

Hans reagierte sauer.

„Die da oben machen, was sie wollen. Wer kein Geld hat und keine Arbeit, kann schauen, wo er bleibt." Er haute wütend mit der Faust auf den kleinen Tisch.

„Du solltest Politiker werden und im Rathaus dagegen schimpfen, so wie du reden kannst", stellte Irene lachend fest. „Ich muss jetzt wieder nach draußen. Die Mittagskundschaft kommt bald vorbei."

Emre

Emre Saymed saß auf einer Mauer, die den kleinen Fluss von der Straße trennte, und ließ seine Beine baumeln. Nachdenklich beobachtete er die vorbeifahrenden Autos. In den kleinen Handwerksbetrieben auf der anderen Straßenseite ging es geschäftig zu. Neue Fässer wurden auf einen kleinen Transporter geladen. Der Fassmacher machte einen zufriedenen Eindruck.

Emre war seit drei Wochen aus Ankara zurück, wo er zuletzt sein Examen als Lehrer gemacht hatte. Aufgewachsen war er hier in der kleinen Stadt Malzre im Osten des Landes. Sein Vater war Installateur, und seine Eltern hatten viel Geld zusammengelegt, damit Emre, seine zwei Schwestern und sein jüngerer Bruder eine gute Ausbildung bekamen. Für Menschen in diesem Teil des Landes hatte sein Vater eine moderne Einstellung, was Bildung und Frauen betraf. Seine Mutter murrte zwar, als der Vater die Schwestern auf eine weiterführende Schule schickte, sagte aber dann nichts mehr. Sie hätte die Mädchen am liebsten so früh wie möglich verheiratet. Hübsch waren sie, und sie hätten bestimmt auch einen Mann aus reichem Hause bekommen. Aber die beiden machten keine Anstalten, sich an einen jungen Mann zu binden.

Jetzt saß Emre auf der Mauer und überlegte. Sein Vater ließ ihm nicht viel Zeit, zu Hause herumzusitzen. Emre hätte sich in einer großen Stadt als Lehrer bewerben können und sicherlich auch eine Stelle bekommen. Er wollte aber nicht, noch nicht. So genau wusste er es nicht. Er wollte Lehrer sein, aber nicht auf einer normalen Schule.

Eine Familie aus dem durch Krieg zerstörten Syrien lief an ihm vorbei. Vater und Mutter redeten in ihrer Sprache, während die beiden Kinder die Plakate laut türkisch vorlasen. Der Krieg zog sich jetzt schon mehrere Jahre hin, und Millionen Menschen waren inzwischen vor den chaotischen Zuständen geflohen. Hier in der Türkei gab es riesige Lager, und eines davon befand sich ganz in der Nähe von Malzre. Er hatte davon gehört, war aber noch nie dort gewesen. Die Lebensbedingungen, so hieß es, waren nicht schön. Die Menschen wurden von Hilfsorganisationen versorgt. Die Kinder gingen auf provisorische Schulen, die der Staat dort eingerichtet hatte.

Er sah der Familie noch länger nach, dabei kam ihm eine Idee. Doch schnell war er abgelenkt, als ein paar Freunde vorbeikamen. Zwei Jahre hatten sie sich nicht gesehen.

Das Hallo war groß, und Emre musste über seine Jahre auf der Uni berichten. Er lief mit der Gruppe in Richtung eines Cafés. Seine Freunde, die er noch aus der Schulzeit kannte, hatten alle einen Handwerksberuf erlernt. Nun erzählten sie von ihrem Leben. Einige waren schon verheiratet und hatten Kinder. Sie sagten, dass sich der Krieg auch dort, wo sie wohnten, bemerkbar machte, einige Kilometer weiter im Innern des Landes. Die Grenze war geschlossen worden und der Handel mit Syrien nahezu eingeschlafen. Das merkten sämtliche Geschäfte und Handwerker, und manche von ihnen begannen wegzuziehen. In dem Flüchtlingslager konnten sie nichts verkaufen. Dort kam man nur hinein, wenn man zu einer Hilfsorganisation gehörte.

Das Café war gut besucht, sie fanden aber noch einen Tisch an der Seite. Der Wirt kannte die jungen Leute. Sie bestellten wohl oft das Gleiche – der Wirt brachte es ungefragt.

„Ab und zu sehen wir hier ein paar Flüchtlinge. Sie haben offenbar Geld und können sich die Fahrt in die Stadt leisten", erzählte einer.

„Habt ihr etwas über die Schulen im Lager gehört?" Emre goss sich eine Cola in sein Glas.

„Es soll welche geben. Aber mehr wissen wir nicht. Warum fragst du?"

„Ach, nur so eine Idee."

„Willst du dort unterrichten? Es wäre doch wohl wichtiger, wenn du an unsere Schulen gehst. Die suchen Lehrer", meinte der Freund.

Es gab viel zu berichten. Jeder hatte seine kleinen Geschichten über sich und Bekannte. Der Abend wurde länger, und Emre rief seine Mutter an, dass er nicht zum Essen kommen würde. Die Gruppe genoss ihr Beisammensein.

Er kam spät ins Bett, wachte aber schon nach drei Stunden auf. Seine Idee hatte sich wieder bei ihm gemeldet. Warum nicht in einer Schule im Flüchtlingslager Kinder unterrichten? Das ist etwas anderes und sehr sinnvoll, dachte er. Beim Frühstück erzählte er von seinem Plan.

„Wir zahlen dir doch nicht ein Studium, damit du Flüchtlingskinder unterrichtest", murrte die Mutter.

Der Vater schwieg zunächst, dann meinte er:

„Du weißt, dass dort auch Terroristen sind."

Emre schüttelte den Kopf.

„Ich werde Kinder unterrichten. Was ist schlimm daran? Es gibt in den Lagern viel zu wenig Lehrer. Die Kinder sollten eine Chance haben, etwas zu lernen!"

Die Diskussion ging hin und her, und als Emre nach dem Büro der Flüchtlingsorganisation fragte, brach seine Mutter in Tränen aus. Sie konnte sich nicht von ihren althergebrachten Vorstellungen lösen. Emre nahm sie in den Arm und erklärte ihr, dass er etwas Besonderes tun wollte.

Die Mutter seufzte. „Ich weiß, du hast eine soziale Ader."

Er stand auf und ging in die Stadt. Es war hier anders als in der Hauptstadt. Hier waren die meisten Läden kleiner, und Handwerksbetriebe gab es in bald jedem zweiten Haus. Er fand das Büro in der Nähe der Stadtverwaltung. Hektisch ging es hier zu, und er musste sich durchfragen, bis er eine leitende Person fand und mit ihr sprechen konnte. Sein Anliegen wurde wohlwollend aufgenommen, er war allerdings am falschen Ort. Die Schulen im Lager unterstanden der staatlichen Schulbehörde, er musste er sich dorthin wenden. Emre wusste Bescheid. Diese Behörde kannte er. Nach vier Wochen bekam er die Zusage. Seine Mutter nahm es ohne Kommentar zur Kenntnis. Sein Vater freute sich für ihn. Mit einigen Ermahnungen und Ratschlägen versehen verließ Emre am ersten Morgen das Haus. Der Direktor war sehr erfreut, dass Emre sich bei ihnen beworben hatte. Nicht viele Lehrer kamen freiwillig in die überfüllten Lagerschulen, Emre bekam eine Klasse mit 66 Schülern. Ihre Türkischkenntnisse in waren zum Teil schlecht. Aber er freute sich auf seine Aufgabe.

Durch den Unterricht hatte Emre nicht nur Kontakt zu den Schülern, sondern auch zu deren Eltern, und er lernte bald die

Probleme des Lagerlebens kennen. Die Menschen lebten in sauberen Zelten, hatten aber nichts zu tun. Einige verrichteten einfache Arbeiten in der Stadt, die meisten langweilten sich, manche verdienten ihr Geld mit dem Handel von Drogen. Rauschmittel waren zwar verboten, Polizeikontrollen gab es aber nicht. Krankenstationen mit dem Notwendigsten waren vorhanden. Viele Kinder, die es aus dem Kriegsgebiet bis hierhergeschafft hatten, waren Waisen, oder ihre Eltern hatten sie mit Freunden auf den Weg geschickt. Frauen und Männer aus den Kriegsgebieten kümmerten sich um sie, aber auch Mitarbeiter der einheimischen Hilfsorganisationen. Ein paar junge Menschen aus anderen Ländern, auch aus Deutschland, die sich für eine bestimmte Zeit sozial engagieren wollten, halfen ebenfalls.

Mittag

Hans Weiser spazierte gemächlich durch die Straßen. Er war so gut wie noch nie verreist, kannte hier aber jede Ecke, jedes Haus. Veränderungen hatte es hier während der letzten Jahrzehnte kaum gegeben. Die Häuser waren älter geworden, wie auch die Menschen. Es hatte leicht zu regnen begonnen. Er hatte keinen Schirm und hielt sich nahe an den Hauswänden. Sein Ziel war eine Wurstbude. Er kürzte den Weg durch eine enge Gasse ab. Leere Bier- und Cola-Dosen sowie Pizza-Verpackungen lagen herum, es roch nach Urin. Der Putz löste sich von den Wänden. Niemand kümmerte sich darum, wie es hier aussah. Angeekelt verließ Hans die Gasse.

Auf dem Kirchplatz an der Wurstbude stieg fettiger Qualm vom Grill auf. Der Geruch nach gebratener Wurst stieg Hans in die Nase und verstärkte seinen Hunger. Die Kirchturmuhr schlug zwölfmal und dann läuteten die Glocken zur Mittagszeit. Eine kleine Menschenschlange hatte sich vor der Bude gebildet. Fritz Ott, der Besitzer, und seine Frau brieten die verschiedenen Würste mit und ohne Zwiebeln, legten die Wurst in aufgeschnittene Brötchen, gaben nach Wunsch Senf oder Ketchup dazu. Hans stellte sich an. Bis er seine Wurst bestellen konnte, war ihm der Regen bereits in den Kragen gelaufen. Mit dem Regen kam auch der kalte Wind. Immerhin fand er hinter der Würstchenbude einen trockenen Platz.

„Ungemütlich heute!"

Ein Mann, seiner Kleidung nach Bauarbeiter, gesellte sich zu ihm. „Heute Morgen war es noch schön. Der Sommer ist wohl vorbei. Schade. Kommst du öfters hierher?"

„Nein, nicht so oft. Obwohl ich in diesem Stadtteil wohne."

„Wir reparieren gerade den Straßenbelag dahinten. Hat es auch wirklich nötig. Eigentlich müssten hier viele Straßen repariert werden. Aber die Stadt hat kein Geld."

„In diesem Viertel ist seit Jahrzehnten nichts gemacht worden. Hier wohnen keine reichen Leute. Und die Wohnungen sind auch in einem schlechten Zustand, aber keiner der Mieter könnte eine höhere Miete bezahlen. Deshalb werden die Wohnungen auch nicht modernisiert", erklärte Hans. „Wir müssten jemanden haben, der das viele Steuergeld richtig einsetzt! Da geben sie Milliarden in andere Länder. Und was machen die damit? Es verschwindet in den Taschen von irgendwelchen Diktatoren. Und Schulden zahlen sie sowieso nicht zurück." Hans biss in seine Bratwurst.

„Stimmt, wir brauchen wieder jemand, der vernünftige Politik macht. Jemand Starken. Einen da oben, der sagt, wo es hingeht. Ich verstehe sowieso nicht mehr, was da alles passiert", stellte der Arbeiter deprimiert fest. Sie aßen und schwiegen eine Weile.

„Hast du verstanden, warum den Banken geholfen werden muss?", fragte Hans dann.

„Überhaupt nicht. Und vor allem nicht, warum wir wieder dafür aufkommen sollen. Die Bosse bekommen Millionen in die Tasche gesteckt, und der kleine Mann nix und keinen Job mehr." Der Arbeiter nahm einen Schluck von seiner Cola.

„Und dann noch die vielen Ausländer. Muss man die jetzt auch noch aufnehmen? Die kosten viel Geld und nehmen uns dann die Arbeit weg."

„Du glaubst also auch nicht, dass die wieder zurückgehen?"

„Nee, die bringen vielmehr mehrere Frauen und einen Stall voller Kinder mit und wir müssen das alles zahlen." Hans steckte sich das letzte Stück Wurst in den Mund.

„Wenn mir einer von denen meinen Job wegnimmt, bringe ich ihn um", sagte der Arbeiter grimmig. „Wen soll man denn noch wählen? Sind doch alles Banditen."

„Neulich haben die Leute von der Neuen Partei für einen ordentlichen Wirbel gesorgt", sagte Hans. „Die sind da aufmarschiert und haben es den Bonzen ganz schön gezeigt."

„Meinst du, das stört die? Die reden doch alles klein und warten, bis es wieder vorbei ist."

„Warte nur bis nach der Wahl."

„Glaubst du wirklich, dass sich da etwas ändert? Wenn du klein bist, bleibst du klein, wenn du groß bist, bleibst du groß. Das war schon immer so. Das ist nun mal so, Kumpel. – Ich muss zurück zu meiner Baustelle. Bis zum nächsten Mal."

Quietschend fuhr eine Straßenbahn vorbei. Das Wasser auf dem löchrigen Belag der Straße wurde von den Autos zur Seite gespritzt. Eine Frau mit Kinderwagen versuchte auszuweichen. Hans hatte seine Wurst gegessen und ging weiter. Es regnete nicht mehr, aber es war ziemlich ungemütlich geworden. Nur noch wenige Menschen waren auf der Straße.

In der Nebenstraße sah er das alte Gebäude. Es stand jetzt leer und zerfiel langsam. Hunderte von Schülern hatten früher ein bis zwei Wochen hier verbracht. Er schlenderte darauf zu. Auch er war mit seiner Klasse dort gewesen.

Das Schulheim

Sie waren zur Hälfte Mädchen und Buben in der Klasse. Die Mädchen waren hübsch, wie alle Mädchen waren sie früher reif und hatten ältere Freunde. Seine erste Freundin war auch jünger. Zwei der Mädchen interessierten sich für Hans, er bemerkte es aber nicht. Erst später, als sie alle auseinandergegangen waren, erzählten ihm Freunde davon. In der in neunten Klasse waren sie dann zwei Wochen in diesem Haus. Zusammen mit Schülern aus anderen Städten veranstalteten sie tolle Partys mit Schwof, nachts heimlich in den Zimmern. Der Klassenlehrer ging auf Kontrollgang, brüllte herum, stand eines Morgens im Trainingsanzug da, scheuchte sie aus den Betten und wollte um sieben Uhr mit ihnen joggen gehen. Er hatte übersehen, dass auch unausgeschlafene Fünfzehnjährige meistens bessere Kondition haben als ein unsportlicher Vierzigjähriger. Er brach den Lauf nach wenigen Kilometern keuchend ab. Nachts im Heim fand wieder heimlicher Zimmertourismus statt. Aber ohne Sex, sie hörten nur Musik, spielten Karten oder redeten. Der Lehrer raste durch die Räume und wollte Schlimmstes verhindern, das es gar nicht gab. Hans musste bei der Erinnerung daran schmunzeln. In Gedanken versunken ging er langsam weiter. Sein Ziel war Helga. Helga hatte eine kleine Änderungsschneiderei zwei Straßen weiter. Bei ihr war es immer warm.

Die Flüchtlingshelferin

Katia arbeitete nun schon ein paar Jahre beim Sozialamt in München. Sie hatte zwar eine feste Stellung, doch die Arbeit im Büro machte ihr nicht mehr so viel Spaß wie früher. Mit ihrer Ausbildung zur Sozialarbeiterin, ihren praktischen Kenntnissen im Umgang mit Menschen und ihrer Fähigkeit, Hilfe in schwierigen sozialen Umständen anbieten zu können, fühlte sie sich im Büro inzwischen fehl am Platz. Überall in der Welt waren Menschen auf der Flucht oder lebten in Lagern, die brauchen Hilfe, meine Hilfe, dachte Katia. Sie fühlte sich jung und stark, war erst 25 Jahre alt und wollte etwas Sinnvolles tun, wie sie ihren Eltern erklärte. Eine Beziehung stand diesen Plänen auch nicht im Wege. Ihre Eltern fanden die Idee gut, und ihre Mutter, aktiv wie immer, wenn es etwas zu organisieren galt, machte ihrer erwachsenen Tochter sofort

Vorschläge. Dabei konnte sie gleich eine ganze Reihe von karitativen Einrichtungen für junge und alte Menschen aufzählen. Sie war allerdings erschrocken, als Katia von ihren Plänen berichtete, für ein Jahr in ein Lager im Nahen Osten zu gehen, das in der Nähe von Kriegsgebieten lag. Sie wolle dort in einem Waisenhaus mit Kindern arbeiten. Die Anlaufstelle hatte sie schon kontaktiert, und nach einem Seminar und einer Prüfung könnte sie sofort dort anfangen. Mit der Prüfung werde über ihre Eignung entschieden. Sie könne sich jederzeit anmelden. Die Eltern waren von dieser Idee nicht besonders begeistert. Verbieten konnten sie ihr diese Pläne nicht, aber vielleicht gab es Alternativen? Katia war bekannt für ihre soziale Einstellung, ebenso aber für ihre Zielstrebigkeit. Schon in ihrer Jugend hatte sie sich durchzusetzen gelernt. Sie fand immer die besseren Argumente. Einige von ihren Freunden fanden die Idee gut, andere weniger. „Wie kannst du nur deine gute Stelle im Amt aufgeben?", fragten sie.

Nach dem vierwöchigen Seminar und der Eignungsprüfung war Katia nun auf dem Weg zu dem Waisenhaus im Flüchtlingslager. Sie hatte eine gute Einweisung gehabt und gelernt, was beim Umgang mit Menschen und vor allem Kindern aus Kriegsgebieten zu beachten war. Man bereitete sie auf die psychischen Probleme vor, die diese Kinder hatten, auf die Zustände im Lager und die medizinischen Gegebenheiten. Sie kannte ähnliche Fälle aus ihrer täglichen Arbeit, war sich aber durchaus bewusst, dass die Situation im Lager eine andere sein würde. Inzwischen hatte sie angefangen, Türkisch zu lernen. Ich sollte auch Syrisch lernen, damit ich mich mit den Flüchtlingen besser verständigen kann, dachte sie.

31

Die Einreiseformalitäten waren schnell erledigt. Der Beamte schaute sie kritisch an, als er den Namen des geplanten Aufenthaltsortes las. Doch weil Katia für eine Hilfsorganisation arbeitete, stellte er keine weiteren Fragen. Am Zielflughafen wurde sie abgeholt und ins Lager gefahren. Sie würde im Waisenhaus wohnen.

Katia legte ihre Anfangsnervosität schnell ab. Zu intensiv waren die Eindrücke mit den vielen Kindern, die sie zu betreuen hatte. Sie wurde einer verantwortlichen Pflegerin zugeteilt. Am Anfang brachte sie das Essen und kümmerte sich um die Zimmer. Ein paar Tage später begann sie mit den Kleinsten zu spielen, denen es am wenigsten ausmachte, dass sie nicht dieselbe Sprache sprachen, die sich spielerisch mit Gesten und Mimik verständigen konnten.

Viele Kinder waren traumatisiert. Sobald sie nicht mehr durch Spielen oder Unterricht abgelenkt waren, fingen einige an zu weinen, andere schlugen um sich. Manche konnten aus Angst nicht einschlafen, manche wachten nachts auf und schrien. Katia war geduldig und strahlte Ruhe aus. Das wirkte auf die Kinder. Dass die Arbeit anstrengend war, merkte sie jeden Abend. Sie fiel todmüde in ihr Bett. Wegen der unruhigen Kinder war an Durchschlafen selten zu denken.

Die ersten vier Wochen vergingen wie im Flug. Kontakte hatte sie nur wenige gefunden. Dann wurden alle abkömmlichen Helfer zu einer Party eingeladen: Eine der Hilfsorganisationen veranstaltete das Fest, damit sich die Helfer auch einmal privat kennenlernen konnten. Das Fest fand in einem Restaurant von Malzre statt, außerhalb des Lagers.

Katia hatte bislang nur wenig Gelegenheit gehabt, in die Stadt zu gehen. Etwa zwanzig Personen aus verschiedenen Ländern wurden ihr vorgestellt. Die meisten Leute waren um die 30 Jahre alt oder jünger. Es gab lokale Speisen, und zwei Musikanten sorgten für angenehme Stimmung. Der Leiter der Hilfsorganisation bedankte sich bei den vielen Freiwilligen. Er betonte, dass noch viel mehr Helfer gebraucht würden, denn täglich trafen neue Flüchtlinge ein. Die jungen Leute kamen schnell miteinander ins Gespräch. Wo kommst du her, was machst du im Lager, welche Erfahrungen hast du gemacht? Das waren die Fragen, die sie einander stellten. Katia gegenüber saß ein junger Einheimischer. Ihr fiel auf, dass er sie schon länger angeschaut hatte. Sie fragte ihn auf Englisch, was er hier mache. Emre stellte sich vor, und er erzählte von seiner Tätigkeit als Lehrer und sie von ihrer Arbeit im Waisenhaus. Emre war schlank und groß und hatte eine nette ruhige Art. Katia gefiel das. Und er sah gut aus, fand sie. Sie beschlossen, dass sie sich im Lager besuchen würden.

Zwei Tage später stand er vor dem Spielzimmer, in dem sie ihre Gruppe betreute. Sie bemerkte ihn erst, als sie zufällig in seine Richtung schaute. Lächelnd sagte er Hi.

„Warte, ich kann gleich in die Pause gehen", erwiderte Katia.

Sie schlenderten nach draußen und durch die Zeltgassen. Er war noch nie dort gewesen. Was für sie alltäglich war, führte bei ihm zu sichtlichem Entsetzen. Er hatte bislang nur von diesen Zuständen gehört. Diese Menschen hatten beinahe gar nichts mehr. Ihr einziges Hab und Gut befand sich in den Zelten. Er erzählte, was seine Schüler über ihr Leben, die

Berufe ihrer Eltern und über ihre Wohnungen in ihrem Heimatland berichteten. Nichts war ihnen davon geblieben. Katia und Emre sahen sich bestätigt, dass ihre Arbeit sehr wichtig war.

Bald verabredeten sich die beiden mehrmals die Woche, um die Pausen miteinander zu verbringen. Sie fanden sich sympathisch, und jeder schätzte die offene Art des anderen bei den vielen Themen, über die sie redeten. Katia fühlte sich von diesem großen schlanken Mann angezogen.

Emre wollte Katia seine Stadt zeigen und sie zum Essen einladen. Gemeinsam schlenderten sie durch die engen Gassen der Altstadt, sie bestaunte die Arbeiten der Handwerker. So etwas konnte sie bei sich zu Hause nicht sehen. Die Luft war am Abend noch lange angenehm warm, Familien versammelten sich im großen Park zum Picknick, Kinder spielten auf dem Rasen. Sie liebte diese Stunden. An einem der nächsten Abende stellte er ihr auch seine Freunde vor. Es war eine nette Gruppe, zu der auch zwei Mädchen gehörten. Sie beherrschte die Sprache des Landes immer besser und konnte den Unterhaltungen einigermaßen folgen.

Es gab heftige Diskussionen. Im ganzen Land wurde gegen die Politik des Präsidenten demonstriert. Der Präsident wollte wieder Gesetze gegen Alkohol und westliche Bräuche und Kleidung einführen, vor allem bei Frauen. Bei Protesten in anderen Städten hatte es Tote und Verletzte gegeben. Es hieß, die Polizei habe brutal eingegriffen und wahllos Demonstranten festgenommen. Vermehrt wurde Polizei jetzt auch in der Innenstadt gesehen. Morgen sollte hier eine Kundgebung stattfinden. Emre und seine Freunde wollten daran teilnehmen. Katia sollte nicht mitmachen, denn im schlimmsten Fall würde man sie ausweisen.

Katia merkte im Lager erst einmal gar nichts von der angekündigten Kundgebung in der Stadt. Am nächsten Tag hörte sie, dass die Polizei äußerst brutal mit Wasserwerfern und Schlagstöcken gegen die Demonstranten vorgegangen war. Sie ging hinüber zur Schule und fragte nach Emre. Er war nicht gekommen. „Wir wissen nicht, wo er ist", wurde ihr gesagt. Sie begann sich Sorgen zu machen. Sie konnte nicht schlafen. Da er am nächsten Tag wieder nicht in der Schule wäre, wollte sie ihn suchen und fuhr am Nachmittag in die Stadt. Es waren wenig Menschen in den Straßen. Katia lief zu dem Café, wo sich seine Freunde oft getroffen hatten – es war geschlossen, wie auch viele Läden. Wo sollte sie nach ihm schauen? Sie ging in den Hinterhof, schaute sich um und sah an einem der Fenster eine Frau, die manchmal im Café bediente. Katia sprach sie an. Die Frau machte einen nervösen Eindruck.

„Die Polizei hat einige Protestierende festgenommen, manche verstecken sich. Die Polizei ist weiterhin auf der Suche", erzählte sie aufgeregt.

„Aber warum? Die haben doch gar nichts Schlimmes gemacht!" Katia war erstaunt, und ihre Angst um Emre verstärkte sich.

„Die Polizei sagt, dass die Demonstration nicht genehmigt war und gegen den Willen des Präsidenten stattfand. Gehen Sie am besten schnell wieder ins Lager zurück."

„Kennen Sie Emre? Der saß immer bei uns in der Gruppe."

„Ich weiß nicht, wo er ist."

„Aber er wohnt doch hier bei seinen Eltern. Wo finde ich die?"

„Da sollten Sie jetzt nicht hingehen."

„Können Sie vielleicht für mich herausbekommen, wo Emre sich aufhält?"

„Wenn ich etwas weiß, sage ich es Ihnen", versprach die Frau und schloss das Fenster.

Katia ging zurück ins Lager. Sie konnte wieder die ganze Nacht nicht schlafen. Immer wieder und auch am nächsten Tag musste sie an die Geschehnisse um die Demonstration denken. Mit freier Meinungsäußerung hatte das hier nichts zu tun. Am Abend lag sie wieder unruhig im Bett. Am nächsten Tag brachte ihr ein kleiner Junge einen Zettel ins Waisenhaus. Schnell rannte er wieder weg. Katia hatte ihn noch nie gesehen.

Emre versteckt sich. Ihm geht es gut. Zwei Leute aus der Gruppe sind im Gefängnis, stand darauf.

Zwei Tage später stand er wieder vor ihr. Katia war überglücklich und umarmte ihn.

„Ist alles in Ordnung mit dir?", fragte sie.

„Soweit ja. Sie haben uns geschlagen. Und die Wohnung meiner Eltern haben sie auch durchsucht."

„Das muss für deine Eltern schlimm gewesen sein. Du hattest mir erzählt, dass sie sich aus allem Politischen heraushalten."

„Sie haben mir keine Vorwürfe gemacht. Aber in Vaters Gesicht habe ich lesen können, wie ärgerlich er über die Polizei ist."

„Wie geht es deinen Freunden?"

„Sie sind auch okay."

36

„Kannst du deinen Job hier weitermachen?"

„Ich denke schon, ich habe nichts anderes gehört."

Sie saßen am Abend zusammen und redeten über die Situation des Landes. Für sie war vieles neu. Nicht nur der Krieg im Nachbarland Syrien war ein Problem, sondern auch der Präsident, der ständig mehr Macht wollte und die Polizei für sich einspannte. Die Gruppe wagte momentan nicht, sich im Café zu treffen. Emre meinte, sie würden überwacht.

„Ich hatte solch eine Angst um dich!" Sie saßen in ihrem kleinen Zimmer zusammen, und Katia konnte ihre Gefühle nicht mehr zurückhalten. „Ich mag dich sehr. Ich will nicht, dass dir etwas zustößt."

„Ich mag dich auch sehr. Ich kann aber jetzt nicht an die Zukunft denken. Ich weiß noch nicht, wie, aber wir werden eine gemeinsame Zukunft haben."

An diesem Abend lagen sie noch lange auf ihrem schmalen Bett. Im Waisenhaus war es ruhig, nur vereinzelt kamen Stimmen aus dem Lager. Durch das offene Fenster schauten sie lange auf den wundervollen Sternenhimmel. Katia und Emre hatten sich ineinander verliebt. In dem kleinen Zimmer, das sie im Waisenhaus bewohnte, konnten sie sich treffen. Für ihn war es wichtig, dass sie ihre Beziehung nicht allzu offen zeigten. Er wollte seine Eltern nicht in Verruf bringen. Sie wussten zwar von Katia, sprachen aber nicht mit anderen darüber.

Zwölf Monate waren schnell vorüber, und Katia musste nach Deutschland zurück. Sie hatten einander schätzen und lieben gelernt. Beide standen der Kultur und den Ansichten des anderen offen und mit viel Verständnis gegenüber. Katia liebte

Emres offene Art und seine soziale Haltung. Immer wieder hatten sie über eine gemeinsame Zukunft gesprochen, doch wie die aussehen würde, konnten sie sich noch nicht vorstellen. Der Abschied wurde für beide hart. Zu Hause erzählte Katia ihren Freunden und Eltern die ganze Geschichte. Sie würde Emre so bald wie möglich wieder besuchen. Der Leiter des Sozialamtes war froh, dass sie wieder zurück war. Er hatte ihre Stelle nicht besetzen können, es gab zu wenig Sozialarbeiter.

Helga

Helga hatte zur Mittagszeit ihre Werkstatt geschlossen. Hans ging zur Wohnungstür und läutete. Die Tür sprang auf, und er stieg die Treppe zum zweiten Stock hinauf.

„Anscheinend kommst du gerne unangekündigt und bei schlechtem Wetter. Du hältst es wohl draußen nicht mehr aus. Hat dich deine Frau jetzt vor die Tür gesetzt?" Helga empfing ihn mit einem verschmitzten Lächeln, freute sich aber über den Besuch.

„Darf ich reinkommen? Ich habe, wie üblich, nichts mitgebracht", erwiderte er schlagfertig.

„Wohl wieder pleite?"

Im Gegensatz zu seiner Frau hatte es Helga geschafft, mit ihrer kleinen Schneiderei genug Geld zum Leben zu verdienen. Die Kleidung, die sie trug, war selbst genäht und ansprechend. Wohl auch wegen der Kundschaft sah Helga gepflegt aus. Die Wohnung war einfach eingerichtet, nichts lag herum. Hans liebte diese Umgebung. Warum konnte er zu Hause nichts ändern?

„Magst du ein Bier?" Helga schenkte sich eine Tasse Kaffee ein. „Du warst schon länger nicht hier. Wo hast du dich herumgetrieben? Ich glaube kaum, dass du die ganze Zeit zu Hause warst."

„Ich bin oft zum Pferderennen gegangen. Hab da ab und zu auch gewettet", erklärte er. „Und immer verloren."

„Hat dir niemand einen Tipp geben können?"

„Die meisten haben keine Ahnung, spielen sich aber ziemlich auf."

„Und so warst du dein Geld los." Helga holte ein Bier für ihn aus dem Kühlschrank.

„Und bei schönem Wetter war ich oft beim Trainingsplatz des Fußballclubs. Einfach nur zusehen. Da trifft man immer jemanden. Und ein gutes Bier gibt es auch. – Läuft dein Geschäft? Was macht deine Beziehung?", wechselte Hans das Thema.

„Die Beziehung ist wieder abgehauen. Der wollte wohl nur Geld, und als ich ihm keines gab, war er wieder weg."

„Dann werde ich wohl heute besser nicht fragen."

„Du kannst gerne ein Bier bekommen. Aber Geld gebe ich Dir keines. Hast du schon etwas gegessen?"

„Eine Wurst mit Brötchen und Senf."

„Ich habe eine warme Suppe und wollte gerade essen. Brot ist auch noch da." Helga stellte Teller und den Topf auf den Tisch. Ihm stieg der köstliche Geruch in die Nase. Er genoss das Essen. Die Suppe war wirklich gut.

„Nicht aus der Dose", merkte er anerkennend an.

„Ja, stimmt", sie begann ebenfalls zu essen. „Wo geht es heute hin?"

„Ein paar Freunde besuchen. Einfach so."

„Wen?"

„Niemand Speziellen."

„Hat es dir geschmeckt? Noch etwas?"

„Danke, war sehr gut. So etwas bekomme ich selten."

„Bleibst du noch ein bisschen?" Helga setzte sich aufs Sofa und zündete sich eine Zigarette an. „Ich mache meinen Laden erst um drei wieder auf. Komm, setz dich neben mich und erzähl, was du noch erlebt hast."

Helga strich sanft über seine Schulter. Dann über seine Wange. „Du bist heute gut rasiert. Wollen wir ins Bett gehen?"

Hans wurde etwas nervös. So eine Einladung wollte er natürlich nicht ausschlagen. Aber konnte er noch? Das letzte Mal war schon Monate her.

„Du zögerst? Komm, nimm mich in den Arm." Helga mochte seine ungebundene Lebensweise. Leider hatte es bei ihm nicht zu einer Dauerstellung gereicht. Und noch schöner wäre eine Dauerbindung zu ihm. Doch Helga wusste, dass er nicht von seiner Frau loskam. Sie war wohl sein Notanker, wenn er wieder einmal pleite war. Bei Lilly konnte er auch betrunken nach Hause kommen. Ob sie ihn hätte ändern können, hatte Helga sich oft gefragt.

Hans nahm die Einladung dann sehr gerne an. Als die beiden nackt im Bett lagen, erkannte er wieder dieses kribbelnde Gefühl. Auch bei Irene war er oft gewesen, hatte aber seit Jahren nicht mehr mit ihr geschlafen. Jetzt erwachten seine Sinne, er erinnerte sich der Bewegungen von Händen und Beinen, der Küsse am ganzen Körper, der Wärme zwischen den Beinen. Beide brachten einander zum Höhepunkt. Er betrachtete das zerwühlte Bett und empfand eine tiefe Befriedigung.

„Danke, dass du hiergeblieben bist. Ich muss jetzt aber bald in meine Werkstatt. Du kannst noch bleiben, wenn du möchtest."

„Ich gehe in den nächsten Tagen zu dieser Parteiveranstaltung", erklärte Hans, während er sich anzog.

„Welche Parteiveranstaltung?"

„Von dieser Neuen Partei von Claudia Penn."

„Was versprichst du dir davon?"

„Mal hören, was die zu sagen haben."

„Die machen doch auch nur Versprechungen. Und dann sind da die Rechtsradikalen. Sei vorsichtig." Helga stand schon an der Tür. „Kannst mir dann davon erzählen."

Am Spielplatz

Die Sonne schien wieder. Hans schlug jetzt den Weg in Richtung ROXI ein. Ihm war nach einem Bier und einem Spielautomaten. Auf der gegenüberliegenden Straßenseite sah er Tine mit ihrem kleinen Sohn Benni, die in derselben Straße wie er wohnten. Die beiden liefen in die gleiche Richtung und bogen dann zum Spielplatz ab. Er folgte ihnen. Tine hatte eine freie Bank gefunden, und Benni rannte sofort zur Schaukel.

„Hallo Tine. Wie geht es euch? Ist der Platz noch frei?"

Tine war etwas zögerlich, da sie Hans meistens nur betrunken sah. Mit sauberer Kleidung und rasiert hatte sie ihn selten erlebt.

41

„Klar, setz dich. Uns geht es okay. Du siehst heute übrigens gut aus."

„Ich mache eine Runde durch die Stadt und treffe den einen oder anderen Bekannten. Arbeitest du wieder?"

„Halbtags. Ich kann keinen Ganztagskindergarten zahlen – die Kosten für das Mittagessen sind auch nicht ohne. Jetzt arbeite ich 50 Prozent und kann mich nachmittags um Benni kümmern. Oh, Moment, ich muss schauen, wo er hinläuft. Überall liegen hier kaputte Bierflaschen und Hundedreck herum."

Als sie zurückkam, fragte Hans: „Zahlt der Vater?"

„Nicht die Bohne. Wir müssen so über die Runden kommen."

„Und das Sozialamt?"

„Ich war einmal dort. Die wollten so viel wissen und waren ziemlich unhöflich, da bin ich wieder gegangen."

„Kann dir niemand helfen, an das Geld zu kommen?"

„Lass mal. Wir kommen schon durch. Ich will nicht bei den Ämtern betteln gehen."

„Mama, darf ich zum Sandkasten?" Benni hatte schon die Schaufel in der Hand. „Bitte!"

„Deine Sachen sind frisch gewaschen."

„Ich passe auf, Mama!"

Benni flitzte zum Sandkasten und begann mit seiner Schaufel zu graben.

„Habt ihr auch eine Mieterhöhung bekommen?", fragte Tine. „Eine ziemliche Unverschämtheit. Vierzig Euro wollen sie mehr! Dabei sollten sie mal erst alles in Ordnung bringen. Eine Wand ist nass, das Klo spült nicht richtig, und die Haustür schließt auch nicht mehr. Im Treppenhaus liegen Abfall und alte Zeitungen herum. Außerdem stehen dort zwei alte Kinderwagen, die niemandem gehören. Und vom Rasen ist auch nichts mehr zu sehen." Tine war sichtlich ärgerlich.

„Ich weiß von keiner Mieterhöhung. Ich habe aber die Briefe auch nicht aufgemacht, das macht Lilly."

Ein herrenloser Hund tauchte aus der Seitenstraße auf. Er schnüffelte überall herum und kam auch in die Nähe des Sandkastens. Tine versuchte das Tier zu verscheuchen, doch es kam immer wieder zurück. Einen aggressiven Eindruck machte es nicht, aber Tine machte sich Sorgen um Benni. Der Hund ging zum anderen Ende des Sandkastens und legte dort seinen Haufen hin. Tine war wütend, sie nahm Bennis Schaufel und warf die braune Hinterlassenschaft ins Gebüsch.

„Das ist doch eine Sauerei! Die Leute schicken einfach ihre Viecher auf die Straße und lassen sie überall hinkacken. Und niemand macht etwas dagegen."

„Tja, Polizei gibt es schon lange nicht mehr in unserer Gegend", sagte Hans.

„Das merkt man besonders in der Nacht. Was sich da für ein Gesindel bei uns herumtreibt! Drogen werden dann an jeder Ecke verkauft, sogar an Kinder."

Tine vertiefte sich in die Zeitung, die sie mitgebracht hatte. *Die Neue Partei kommt*, war in riesigen Buchstaben auf der Titelseite zu lesen.

„Die werden für Ordnung sorgen", meinte Tine. Nach einer Weile ging sie zum Sandkasten und spielte mit Benni.

Frische Früchte gefällig?

Hans saß jetzt alleine auf der Bank. Das Haus, in dem er damals gewohnt hatte, war das letzte am Stadtrand gewesen. Inzwischen begann hier ein ganz neuer Stadtteil mit mehreren Tausend Wohnungen. Er erinnerte sich an damals. Es hatte alles ganz anders ausgesehen. Bevor die Stadtgrenze in Felder überging, gab es noch ein paar Reihen Schrebergärten. Hier hatten sie ihre Mutproben veranstaltet. Manchmal waren sie zu sechst, manchmal auch nur zu zweit über die Gartenzäune gestiegen, auch wenn Gartenbesitzer in der Gegend waren. Sich zu verstecken oder durch die fremden Gärten zu robben war spannend. Eigentlich interessierten sie nicht die Kirschen an den Bäumen, es reizte sie vielmehr, etwas Verbotenes zu tun – wie gesagt: Mutproben.

Das änderte sich allerdings im Laufe der Zeit. Ein bisschen Geld würde nicht schaden, wenn man es hätte, sagten sie sich. Sobald die Schule aus und die Hausaufgaben erledigt waren, hatten sie noch genug Zeit, in die Gärten zu steigen. Die Schrebergärtner waren meistens noch nicht da. Die Jungs sammelten kräftig, erst die Hosentaschen voll, später mit kleinen Körben alles, was zu haben war. Dann verkauften sie es an der Straße. Alles sei selbstverständlich aus dem eigenen Garten, behaupteten sie. Mitbekommen hatten die Eigentümer aber trotzdem etwas. Offenbar hatten sie sich abgesprochen und versteckten sich in ihren Hütten. Als die Jungen zum wiederholten Male kamen, waren sie dran. Die Jagd ging los. Die Obstdiebe flüchteten über die Zäune, doch den ein oder anderen fasste man am Schlafittchen. Es setzte Ohrfeigen, die

Männer drohten, die Eltern zu verständigen oder sogar die Polizei. Das war das Aus für den lukrativen Obsthandel.

Er lächelte. Sie hatten immer tolle Ideen gehabt.

Ja, Hans und seine Freunde hatten in ihrer Jugend viel Unsinn miteinander angestellt. Wenn er mit ihnen unterwegs war, war für ihn die Welt in Ordnung. Zu Hause empfand er es als weniger angenehm. Sein Vater tyrannisierte die Familie, und wenn er nicht das machte, was sein Vater sagte, gab es Ohrfeigen. Die Mutter bemühte sich, die Kinder liebevoll zu erziehen, aber sie konnte sich nie durchsetzen, wenn der Vater wieder einmal seine schlechte Laune an ihnen ausließ. Auch Lena, zwei Jahre jünger als ihr Bruder, litt unter der Strenge des Vaters. Sie stellte zwar nichts Schlimmes an, der Vater fand aber immer wieder einen Grund, sie zu bestrafen. Vermisste er sie in der Küche oder sah er sie nicht die Wohnung putzen, bekam sie Stubenarrest. Es schmerzte sie besonders, wenn der Vater die Strafe für das Wochenende aussprach. Und das machte er besonders gerne. Hans und seine Schwester nutzten folglich die erste Gelegenheit, aus dem elterlichen Haushalt auszuziehen: Hans, als er seine erste Lehre begann, Lena, als sie zur Universität ging. Die Mutter ließ sich bald danach scheiden.

Lena suchte sich einen Weg, nicht nur so schnell wie möglich dem elterlichen Haushalt, sondern auch dem einfachen Milieu zu entkommen. Sie wurde Lehrerin. Schon in der Kindheit hatte Hans das Gefühl gehabt, unter der Fuchtel seiner Schwester zu stehen; ständig versuchte sie, ihn zu erziehen, und machte ihm Vorschriften, was er zu tun und zu lassen hatte. Als

Junge sollte er aufräumen, als Schüler die Hausaufgaben machen, als Lehrling sich anstrengen. Wie jeder Jugendliche hatte auch er seine Träume: viel Geld, eine gute Arbeit, ein Haus, eine Familie. Einerseits bewunderte er seine Schwester, andererseits gelang es ihm nicht, sein Leben in den Griff zu bekommen. Er brach bald nach Beginn seiner Lehre den Kontakt zu ihr ab.

Emres Reise

Emre war weiterhin Lehrer in der Lagerschule. Er sah einen großen Sinn in seiner Arbeit, und die Schüler mochten ihn. Doch er vermisste Katia. Und er verspürte vermehrt den Druck, den die Behörden auf die jungen Protestler und auch auf die Eltern ausübten. Das war das Schlimmste für ihn. Seine Eltern hatten mit dem Protest nichts zu tun. Seine Mutter hatte nicht nur Angst um ihren Sohn Emre, sondern auch um die Familie. Der Vater unterstützte die Forderungen der Demonstranten, war aber nicht aktiv dabei. Emre suchte einen Weg aus dieser Situation: Er wollte unter diesen Umständen nicht in diesem Land leben. Außerdem liebte er Katia und wollte gerne mit ihr zusammen sein. Immer wieder überlegte er, ob er in ihre Heimat gehen sollte. Für drei Monate würde er ein Visum bekommen. Und dann? Freunde erzählten ihm, dass er dann Asyl beantragen sollte. Emre sprach nicht Deutsch, und sein Lehrerdiplom würde man auch nicht anerkennen. Ja, er hatte schon einmal einen Plan durchgesetzt. Nur, dieses Mal würde es schwieriger werden. Doch schließlich stand sein Entschluss fest: Er beantragte ein Visum.

Zwei Monate später saß er im Flugzeug in seine neue Heimat. Erst wenige Tage vor der Abreise erzählte er seinen Eltern von seinem Plan. Die Mutter saß weinend am Tisch, der Vater war verstummt. Nur die Geschwister fanden ermunternde Worte.

„Du wirst ganz von vorne anfangen müssen", sagte seine Mutter. „Wo wirst du wohnen? Wo wirst du arbeiten? Nach drei Monaten wirst du ein Flüchtling sein, wie die Menschen, die du hier gesehen hast." Weinend räumte sie das Geschirr ab. Emre hatte auch keine Antwort auf all die Fragen. Er hatte allerdings die Option, jederzeit in sein Land zurückzukehren. Erst kurz vor seiner Ankunft schickte er Katia eine Nachricht.

„Kannst du mich am Bahnhof abholen?"

Die Wiedersehensfreude war groß. Emre kam sofort zum Grund seiner Reise. „Ich möchte hier bei dir bleiben und in deinem Land leben. Bei uns gibt es zunehmend Schwierigkeiten. Ich werde es hier schaffen."

Katia freute sich riesig. Natürlich konnte er bei ihr wohnen. Ihre Wohnung war vorerst groß genug für beide. Sie genossen die ersten Tage zusammen. Sie zeigte ihm München. Sie machten Ausflüge, und nach ein paar Tagen besuchten sie ihre Eltern. Wie Katia vermutet hatte, waren sie über die Freundschaft mit Emre zwar erfreut, sahen ihre Zukunft jedoch nicht besonders rosig. Sie kannten aber ihre Tochter. Diskussionen würden zu nichts führen, Katia hatte immer ihren eigenen Kopf gehabt.

Sie wusste auch, dass sein Plan zu Problemen führen würde. Er hatte nicht viel Geld. Nicht einmal die erlaubten drei Monate konnte er ohne ihre Hilfe überleben. Emre war sich sicher, dass er Arbeit finden würde. Er erzählte, dass er vielleicht bei einem Bekannten arbeiten könnte.

„Was macht der?"

„Er hat ein Döner-Restaurant."

„Da kannst du nicht zeit deines Lebens arbeiten. Du musst Deutsch lernen! Dann kannst du wieder auf die Uni gehen und dein Lehrerexamen machen."

Immerhin: Jetzt waren sie erst einmal zusammen.

Emre arbeitete bald illegal als Aushilfe in dem Döner-Restaurant. Sie hatten keine großen Ausgaben und kamen mit dem Geld aus. Von den Nachbarn nahm offenbar niemand Anstoß, dass er hier wohnte. Er lernte einen Anwalt kennen, der sich mit Asylfragen auskannte. Nach Ablauf des Visums stellte er einen Asylantrag, der würde wahrscheinlich abgelehnt, gab ihm aber eine Atempause. Offiziell durfte er immer noch nicht arbeiten. Von jetzt an nahm er bezahlten Sprachunterricht. Katias Eltern fanden die Situation nicht schön, doch sie hatten keine Wahl. Ihre Tochter stand voll hinter Emres Entscheidungen. Über seinen Asylantrag sollte in wenigen Wochen entschieden werden. Der Rechtsanwalt machte ihnen wenig Hoffnung. Katia fasste einen Entschluss: Sie würden heiraten, und damit würde Emre in Deutschland geduldet werden. Er wollte sich noch intensiver um seine Sprachkurse kümmern, damit er bald auf die Uni gehen konnte. Ihre Eltern waren über die Entscheidung ihrer Tochter überhaupt nicht erfreut und machten sich Sorgen. Emre war für sie ein fremder Mann, der in diesem Land keine Wurzeln hatte. Er war außerdem auf die Fürsorge ihrer Tochter angewiesen. Doch Katia blieb bei ihrem Entschluss und ging ihren Weg.

Das ROXI-Spielcasino

Gleich um die Ecke gelangte Hans zum ROXI-Spielcasino. Früher war er öfter hierhergekommen. Heute befand sich nur wenig Geld in seiner Tasche. Früher waren seine Taschen leer gewesen, wenn er die Spielautomaten wieder verließ. Aber es hatte Spaß gemacht, erinnerte er sich. Jetzt wollte er nur schnell einmal hineinschauen. Drinnen sah es noch genauso wie vor Jahren aus. Ein paar Automaten waren ausgetauscht worden. Drei neue Geräte standen da, die er nicht verstand. Ein paar Jugendliche, die meisten in Trainingsanzügen, saßen davor und hatten riesige futuristische Brillen auf. Mit den Händen bedienten sie Steuerknüppel und Lenkräder. Das ist nichts für mich, dachte Hans. An der Bar hingen mehr Jugendliche als Ältere herum. Die meisten glotzten auf die Flaschen im Regal. Zwei Frauen saßen an den alten Spielautomaten, eine warf das Geld schneller hinein, als es herauskam. Sie schien ihm entrückt.

„Hallo Gerda, immer noch dabei?"

„Hans, welch seltenes Gesicht. Wie geht es dir?"

„Wollte mal vorbeischauen, ob der Laden noch existiert. Haste immer noch zu viel Geld in der Tasche?"

„Letzten Monat war es weg. Weiß auch nicht, wie das passiert ist. Ging dann betteln. Weißt, wenn du bettelst, kannst du kein Geld ausgeben. Habe den Monat so herumgebracht."

„Und jetzt biste wieder hier."

„Hier ist mein Platz. Haste mir mal ein paar Groschen?"

„Hab selber kaum welche. Vielleicht reicht es gerade für zwei oder drei Spiele."

In der Hosentasche fand er einige Münzen. Er setzte sich an einen Automaten und warf drei hinein. Kein Erfolg. Das wiederholte er dreimal, und beim vierten Mal hatte er tatsächlich Glück. Ein paar Münzen kamen wieder heraus. Tatsächlich ein kleiner Gewinn. Weitermachen? Ihm juckte es in den Fingern. Er bestellte ein Bier und setzte sich an die Bar. Die anderen Leute waren nicht gerade gesprächsbereit. Keiner erwiderte seinen Blick oder machte den Eindruck, mit ihm sprechen zu wollen. Hans nippte an seinem Bier.

„Hallo Hans, lange nicht gesehen!"

„Hallo Pit, wie geht's dir?"

„Mir geht es gut. Bin aber in Eile. Wollen wir uns heute Abend treffen?"

„Klar, wo?"

„Zum Bierfass."

Aus einem Nebenraum vernahm er Stimmen. Pferdewetten wurden entgegengenommen. Das hatte er früher auch einmal gemacht. Früher, als er noch Geld hatte. Aber er hatte nie die Geduld, Informationen über die Pferde einzuholen. Er setzte planlos und verlor. Eine Person auf dem Bildschirm kommentierte ein Rennen.

Hans blickte auf die Straße und beobachtete die Menschen. Ältere Frauen mit Einkaufstüten, manche mit Kopftuch, liefen vorbei. Einige Rentner schlurften den Gehweg auf und ab. Wenige Mütter mit Kinderwagen hasteten zur Bushaltestelle. Sein Bierglas war leer. Was sollte er noch hier?

Der arbeitslose Banker

Hans saß, wie verabredet, in der Kneipe Zum Bierfass. Hier hatte er seit Jahren seinen Stammplatz. Jetzt wollte er seinen Freund Pit treffen, auf den musste man manchmal lange warten. Aber dieses Mal kam er überhaupt nicht. Dabei war Hans extra seinetwegen gekommen. Am frühen Abend war die Kneipe nahezu leer, nun nach Mitternacht war der Laden voll. Wäre nicht die Musik gewesen, wäre er schon längst gegangen. Aber so hatte er ein paar Sätze mit dem einen oder anderen gesprochen. Nur belangloses Zeug, dachte er. Und die wenigen Frauen waren in Begleitung. Inzwischen hatte er vier Bier intus und wollte nicht länger warten. Draußen war es immer noch mild. Sterne waren keine zu sehen, aber die Stadt war hell erleuchtet. Er lief gelangweilt die Straße entlang. Nur wenige Autos waren um diese Zeit noch unterwegs. Er wollte noch nicht nach Hause. Lilly wartete sicherlich nicht auf ihn. Was sollte er auch dort? Er wollte nicht ständig ihre Kommentare hören. Wo warst du? Hast du Arbeit gesucht? Hast du Geld mitgebracht?

Ein paar Schaufenster waren hell erleuchtet. Kleider und Möbel waren schön anzusehen, aber viel zu teuer für ihn. Seitdem er seinen Job verloren hatte, musste er sparsam mit dem Geld umgehen.

„Ist schon verrückt, für eine Hose 400 Euro hinzulegen." Ein Herr, gut gekleidet, stand neben ihm.

„Wer das Geld hat."

„Ja, es gibt genügend, die das bezahlen können und auch wollen. Können Sie auch nicht schlafen?"

„Ein Freund ist nicht gekommen."

„Was haben Sie jetzt vor?"

„Ich bin gerne nachts unterwegs."

„Vielleicht laufen wir ein wenig zusammen. Dann sind Sie nicht so alleine."

„Einverstanden. Was machen Sie?"

„Ich habe meinen Job verloren. War bei einer Bank. Dann wurde rationalisiert. Mehrere Hundert wurden auf die Straße gesetzt", erzählte der Fremde.

Schweigend liefen sie weiter und sahen sich die Auslagen an.

„Hätten Sie noch Lust auf ein Bier?

„Ich hatte schon vier. Vielleicht später."

Sie liefen weiter die Einkaufsstraße entlang.

„Was machen Sie jetzt? Haben Sie einen neuen Job in Aussicht?", wollte Hans wissen.

„Zum Glück habe ich eine Abfindung bekommen. So kann ich mich in Ruhe nach einer neuen Stelle umsehen. Ob ich in dieser Stadt was finde, bezweifle ich. Wahrscheinlich muss ich umziehen."

„Und Ihre Familie?"

„Ich bin Single. Und Sie?"

„Ich habe eine Frau, die sehe ich nicht so oft."

Hans verschwieg, in welchen Verhältnissen er lebte und dass er seine Frau gar nicht sehen wollte.

„Ich habe meinen Job auch verloren."

„Was haben Sie gemacht?", fragte der Fremde.

„Alles Mögliche." Hans hatte keine Lust, von seinem Leben zu erzählen.

„Ich gehe jetzt in diese Bar da. Kommen Sie mit?", fragte der Fremde.

„Ich gehe noch ein Stück weiter." Hans bog in die nächste Seitenstraße ein. Sein Weg führte ihn jetzt doch zurück zu Lilly. Vielleicht gelingt es mir, ungestört in mein Bett zu gelangen, dachte er.

Die Malerin

Es war kein besonderes Haus. Es sah aus wie ein gewöhnliches Mehrfamilienhaus. Davor ein kleiner Garten, dahinter ein größerer. Ein Hund lag im Eingang und blickte Hans neugierig an. Dann stand er auf und bellte. Von innen kam eine Stimme, und der Hund beruhigte sich wieder. Die Tür ging auf, und die Malerin kam heraus. Sie sah gut aus für ihr Alter, fand Hans. Und sehr gepflegt. Kurz wagte er den Vergleich mit Lilly. Sie sahen sich an, und die Malerin zeigte ein Lächeln.

„Guten Tag. Ihr Haus ist schön geworden." Hans erinnerte sich an den Zustand vor der Renovierung.

„Waren Sie nicht einer der Arbeiter, die geholfen haben, mein Haus wieder schön zu machen?"

„Ja, ich war dabei."

„Und jetzt haben Sie frei?"

„So ähnlich. Ich habe schon länger keine Arbeit."

„Es werden doch Leute gesucht."

„Aber nicht solche wie mich. Ich habe da ein Problem."

„Und das ist der Alkohol?"

„Manchmal." Hans wollte nun lieber das Thema wechseln. „Und Sie malen immer noch?", fragte er.

„Natürlich. Das ist mein Beruf. Ich habe viel Spaß dabei. Haben Sie schon einmal meine Bilder gesehen? Möchten Sie nicht hereinkommen?"

„Gerne."

Etwas unsicher ging er durch den Garten ins Haus. Aus einem Raum hörte er leise Jazzmusik. Im Wohnzimmer stand der Hund und versperrte ihm knurrend den Weg. Mehrere Sofas standen in einem offenen Viereck zusammen. Sie muss oft Besuch haben, dachte er. Die Malerin ging voran und der Hund ließ ihn durch, folgte ihm aber auf Schritt und Tritt.

„Er tut Ihnen nichts. Er beschützt mich nur. So bin ich sicher vor Einbrechern und auch auf der Straße. – Schauen Sie, hier hängen ein paar Werke von mir."

Hans betrachtete sie. So richtig konnte er damit nichts anfangen.

„Sehen Sie das Haus im Hintergrund und die Menschen?"

Er versuchte, sich zu konzentrieren, und sah dann auch schemenhaft die Strukturen. Ein anderes Gemälde war dafür sehr klar für ihn. Es zeigte einzelne Menschen, die Straßen entlangliefen.

„Einige Arbeiten sind von meinen Studenten. Das zum Beispiel", sie deutete auf ein farbenfrohes Bild, das aus vielen Rechtecken bestand.

„Und hier geht es in mein Atelier. Hier male ich meistens."

Einige offenbar unvollständige Werke standen auf Staffeleien. Die Malerin nahm einen kleinen Pinsel und tupfte Farbe auf eines. Hans konnte nur Farbe, keine Strukturen erkennen. Soll das Kunst sein? fragte er sich.

„Hat Sie schon einmal jemand gemalt?"

Bei dieser Frage drehte er sich verblüfft um. Wieso sollte ihn schon einmal jemand gemalt haben?

„Nein."

„Ich würde Sie gerne als Modell für ein Bild haben."

„Warum mich? Ich bin doch nicht besonders attraktiv, geschweige denn berühmt."

„Man muss weder das eine noch das andere sein. Ich kam spontan auf die Idee."

„Und wie soll ich gemalt werden?"

„Schauen Sie, hier. Ich arbeite zurzeit an diesem Bild, und ich möchte eine Person hineinmalen. Und das könnten Sie sein."

Hans sah sich das unvollständige Bild an. Er konnte schemenhaft ein paar Häuser und eine Straße erkennen. Warum nicht, dachte er und war ein wenig stolz auf sich.

„Ja. Ich mache mit. Und wann soll das sein?"

„Wir könnten jetzt anfangen, wenn Sie Zeit haben."

Er hatte nichts vor. Warum nicht?

„Ich bin aber nicht frisch rasiert."

„Ich möchte Sie so malen, wie Sie jetzt sind. Ich möchte Sie nur bitten, ohne Jacke und Hemd auf dem Stuhl zu sitzen."

Hans setzte sich mit freiem Oberkörper auf den Stuhl. Langsam zog die Malerin ihre Striche, er konnte sie nicht sehen.

„Heute Abend gehe ich auf eine Veranstaltung von der Neuen Partei", bemerkte er.

„Glauben Sie, was diese Leute sagen? Die spielen mit der Angst, halten die Menschen für dumm und können sie ohne richtige Antworten abspeisen."

„Aber die anderen tun doch nichts. Sie lassen vermehrt Ausländer ins Land. Immer mehr Arbeitsplätze gehen verloren, weil die Industrie in die Billigländer geht. Und die Politiker machen mit unserem Geld, was sie wollen."

„Ich gebe Ihnen recht, dass vieles anders gemacht werden muss. Aber so einfach ist das nicht. Ganz viele Arbeitsplätze sind neu geschaffen worden. Sonst hätten wir viel mehr Arbeitslose. Die Leute von der Neuen Partei verbreiten, dass die Menschen hier ihre Arbeit verlieren – um Angst zu schüren. Vor allen: Sie sagen nur, was sie nicht wollen. Aber haben Sie schon jemals einen gehört, der eine Antwort hat? Glauben Sie, dass sich die Industrie sagen lässt, wo sie ihre Werke errichten soll?"

„Die Leute von der Neuen Partei sagen auch, dass wir direkt abstimmen sollen. Das wäre richtige Demokratie. Dann müssten die da oben machen, was das Volk sagt", verteidigte sich Hans.

„Dann besteht die Gefahr, dass solche Leute wie die von der Neuen Partei kommen und behaupten, sie hätten die Lösung für alle Probleme. Und viele Menschen glauben ihnen, ohne selbst nachzudenken, wie eine Lösung aussehen soll. Es ist besser, wenn es verschiedene Gruppen gibt, die sich so lange streiten, bis ein Kompromiss gefunden ist, mit dem alle leben können. Nur so kann man friedliche Lösungen finden."

Hans wurde nachdenklich. So richtig überzeugt war er von dem, was die Malerin sagte, allerdings nicht.

„Wir können bald eine Pause machen", schlug diese nun vor.

„Wie lange sitze ich hier schon?" Er fühlte sich angespannt.

„Etwa eine Stunde. Sie können sich das Werk ansehen."

Er stand auf. Er betrachtete es und konnte sein Gesicht erkennen. Es war nicht so exakt wie eine Fotografie, ihm gefiel es aber. Er konnte sich erkennen, und das war für ihn wichtig.

„Gefällt es Ihnen?"

„Ich habe mich noch nie auf einem gemalten Bild gesehen. Es ist aber gut."

„Wollen wir nachher weitermachen? Möchten Sie etwas trinken?"

Während sie am Tisch saßen, Kaffee und Tee tranken und Gebäck aßen, erzählte die Malerin ihm aus der Geschichte. Von Diktatoren und Parteien, die durch solche Leute wie die von der Neuen Partei an die Macht kamen und dann alle anderen unterdrückten.

„Auch heute gibt es Länder, in denen das passiert", fügte sie hinzu.

Er erinnerte sich an seinen Geschichtsunterricht. Er hatte auch manchmal von Ländern gelesen, wo Andersdenkende in die Gefängnisse geworfen wurden. Ihn hatte das aber nie groß interessiert.

„Politik interessiert mich nicht besonders", entgegnete Hans.

„Aber Sie wollen doch zu der Veranstaltung gehen. Und Sie haben eine Meinung über bestimmte Dinge und wie sie geregelt werden sollten. Also interessiert Sie es doch. Waren Sie schon einmal bei einer Stadtratssitzung?"

„Kann man da hin?"

„Zu jeder öffentlichen. Und da können Sie hören, wie gestritten wird und wie Entscheidungen gefällt werden. Und dort können die Leute von der Neuen Partei auch ihre Meinung vertreten, wenn sie gewählt werden. Da müssen sie aber noch einiges lernen. – Wollen wir weitermachen?"

Er setzte sich wieder auf den Stuhl. Die Malerin porträtierte ihn weiter, Hans versank in seine Gedanken.

„Sollen wir für heute aufhören?" Es war offensichtlich, dass er nicht länger in der Pose sitzen konnte.

„Ist es noch nicht fertig?"

„Das dauert noch. Wenn Sie noch einmal kommen können? Morgen vielleicht?"

„Kann ich machen. Ich geh dann jetzt."

„Ja, gut. Und danke, dass Sie mir Modell gesessen haben."

Hans ging zurück auf die Straße. Der Tag war jetzt grau, und ein kühler Wind blies vom Fluss herauf. Er stellte den Kragen seiner Jacke auf und zog den Kopf ein. Wenn er jetzt seinen Mantel hätte! Aber zurück in seine Wohnung wollte er noch nicht.

Das hatte er noch nicht erlebt: Er wurde gemalt! Lilly würde ihn für verrückt halten. Gut gelaunt und ohne Ziel lief er in Richtung Hafen. Langsam änderte sich die Gegend, und mehr kleine Firmen lagen auf seinem Weg. Bis er zur Hafenstraße kam.

Der Kleinunternehmer

Arbeit gab es in dem Döner-Restaurant genug, aber verdienen ließ sich damit nicht viel. Bestellungen annehmen, servieren, die Auslagen in Ordnung halten. Sein Chef hatte noch einen zweiten Imbiss eröffnet, und Emre übernahm mehr und mehr die Aufgaben im ersten Restaurant. Die Tage waren ausgefüllt.

Er öffnete morgens um acht, wenn die ersten Angestellten und Arbeiter noch schnell einen Kaffee mitnahmen, und schloss nach 22 Uhr ab. In der Zeit mit wenigen Besuchern konzentrierte er sich auf seine Sprachkurse, und er versuchte so viel wie möglich mit den Gästen zu reden. Sein Bekannter war zufrieden mit ihm und bot ihm eines Tages an, Mitinhaber zu werden. Emre borgte sich Geld bei Freunden und nahm das Angebot an. Für die Zeiten seiner Abwesenheit suchte er Ersatz. Gerne lief er durch die Stadt und traf Landsleute und Einheimische. So lernte er viel über Deutschland, knüpfte Kontakte und ein bemerkenswertes Netzwerk.

Katia und Emre waren jetzt Anfang 30 und gründeten eine Familie. Laura wurde geboren, und er war stolz auf seine kleine Tochter. Sie war gesund, lachte viel, und Katia war glücklich. Strahlend schob er den Kinderwagen durch die Straßen. Ihm war bewusst, dass er mehr für sich und die Zukunft seiner kleinen Familie tun musste. Dazu gehörte, zu studieren und einen Beruf zu haben. Er fühlte sich stark genug dafür.

Emre reiste nach Berlin. Ein Freund hatte ihn eingeladen. Er führte ein kleines Geschäft in dem Stadtteil Kreuzberg, der inzwischen von vielen Ausländern bewohnt wurde. Viele Deutsche hatten sich zurückgezogen. Es waren zwar nur wenige Straßenzüge, aber vieles erinnerte ihn an seine Heimat. Türkisch wurde von den meisten in diesem Viertel gesprochen. Die Häuser gehörten in der Mehrzahl zwar noch den alten Besitzern, diese führten aber keine Renovierungen durch und ließen manche Gebäude verfallen. Die Mieter versuchten so gut es ging, die Wohnungen selbst instand zu halten. Viele hatten aber dazu kein Geld. Miete mussten sie trotzdem zahlen und so mancher Vermieter versuchte so viel wie möglich herauszuholen. Kam es zu Protesten oder Zahlungsverweigerung, stand sofort die Polizei vor der Tür. Das Verhältnis der Fremden zu den Hausbesitzern war nicht das beste. Die ersten Ausländer sparten und kauften eine Wohnung, ein Haus.

Das Leben in diesen Straßen war bunt. Kleine Läden grenzten an Handwerksbetriebe, manche Waren wurden auf der Straße feilgeboten. Und immer öfter kauften Deutsche bei diesen Händlern ein: Obst und Gemüse waren frischer als in den Supermärkten – und billiger. Die ausländischen Händler hatten gute Beziehungen zu ihren Herkunftsländern, und der Import funktionierte bestens. So kamen einheimische und zugereiste Menschen ins Gespräch und lernten voneinander. Auf beiden Seiten gab es Menschen mit unterschiedlicher Meinung und Gesinnung. Die meisten von denen, die hier lebten, hatten keine ausgeprägte politische Meinung und erfreuten sich eines besseren Lebens als in ihrem Heimatland, wo sie täglich um Arbeit und Essen kämpfen mussten. Aber auch in diesem Viertel gab es Unzufriedene. Junge Leute träumten von mehr als nur der einfachen Arbeit als Gemüsehändler. Sie waren hier geboren und wollten mehr erreichen, eine Arbeit bekamen sie trotzdem nur selten. Schon wegen ihres Akzents oder auch nur wegen ihres Namens wurden sie bei der Arbeitssuche oft abgelehnt. Sie waren frustriert. Die Arbeitslosigkeit unter ihnen war hoch. Drogenhandel und Einbruchskriminalität verschafften ihnen eine gewinnbringende Abwechslung. Das wurde von den Älteren und den Eltern nicht akzeptiert, doch die Vorurteile der

Einheimischen waren dadurch bestätigt. Manche Organisation und manche religiösen Fanatiker nutzten die Gunst der Stunde, diese jungen Leute auf ihre Seite zu ziehen.

Das alles lernte Emre auf seinen Spaziergängen durch die Stadt. Es war ein Vergnügen für ihn, sich in seiner Muttersprache unterhalten zu können. Er redete mit den unterschiedlichsten Menschen und erfuhr etwas über ihr Leben und ihre Meinungen.

Am Freitag besuchte er die neu erbaute Moschee und war überrascht über die Predigt des Imams. Er motivierte die hier lebenden Menschen und sprach ihre Probleme an.

„Die Zeit wird euch recht geben, in dieses Land ausgewandert zu sein. Eure Kinder und Enkel werden es euch danken! Viele von euch, die schon vor Jahrzehnten hierhergekommen sind, sind erfolgreich in ihren Berufen und voll integriert. Den Ungeduldigen sage ich, sie sollen sich im politischen Leben engagieren und einen guten Schulabschluss machen."

Emre war erstaunt. Er hatte schon andere Predigten gehört. Zwei Jugendliche, bemerkte er, waren mit der Meinung des Imams allerdings überhaupt nicht einverstanden. Beim Hinausgehen hörte er sie darüber sprechen, dass Imam Hassan gesagt hätte, sie sollten für eine islamische Gesellschaft in diesem Land kämpfen, die Gesetze des Korans ehren und in der Familie anwenden. Eine besondere Ehre würde ihnen zuteil, wenn sie als Kämpfer in den Krieg zögen.

„Wollten deine Eltern auch, dass du heute in *diese* Moschee gehst?", hörte Emre den einen sagen.

„Ja, aber nächste Woche gehe ich wieder zu Imam Hassan."

61

„Du kannst die ganze Woche zu ihm gehen. Wenn er zu Hause ist, kannst du mit ihm sprechen. Und abends treffen sich die Gläubigen im Saal neben der Moschee."

„Warst du schon einmal dort?"

„Ab und zu. Aber erzähle es nicht deinen Eltern."

Dann liefen die beiden davon. Emre war neugierig geworden. Heute Abend sollte der Saal des Imams Hassan sein Ziel sein.

Erst einmal aber lieh er sich ein Fahrrad und brach zu einer Tour durch die Stadt auf. Ein kleiner Reiseführer war seine Hilfe, und so fuhr er bei strahlendem Sonnenschein das ein oder andere Ziel an. Er durchquerte die Innenstadt mit ihren viel befahrenen Straßen, kam vorbei an Geschäften mit teuren Auslagen und sah sich das Brandenburger Tor, den Französischen Dom, das Rote Rathaus und andere Sehenswürdigkeiten an. Er fuhr durch verschiedene Bezirke und auch in die Villenviertel. Es war schon spät am Nachmittag, als er sich auf den Rückweg machte. Ihm war gar nicht aufgefallen, wie viele Kilometer er schon unterwegs war. Es wurde noch eine größere Strecke zurück in sein Viertel, und eigentlich war er zu müde für ein Treffen mit Imam Hassan. Dennoch wollte er die Gelegenheit nicht verpassen. Er setzte sich noch kurz in ein Café, dann ging er zusammen mit seinem Freund Özcan zum Versammlungsraum.

„Was willst du eigentlich dort?", fragte Özcan. „Ich weiß, dass sie dort die Jugendlichen aufhetzen."

„Genau das will ich mir anhören. Warum tun die das?"

In dem Versammlungsraum saßen einige Jugendliche herum und unterhielten sich. Emre und sein Freund setzten sich auf ein Sofa und warteten. Nach einiger Zeit kam Imam Hassan herein und begrüßte die Wartenden. Er machte auch bei den beiden halt; er war ein Mann mittleren Alters, der einen freundlichen Eindruck machte.

„Willkommen in unserem Saal. Was führt euch zu uns?", fragte er.

„Ich wohne in einer anderen Stadt und besuche meinen Freund Özcan hier. Ich bin neugierig, wie er hier lebt."

„Ich habe deinen Freund noch nie in dieser Moschee gesehen."

„Ich gehe in die andere", erwiderte Özcan. „Ich habe dich aber schon in der Stadt gesehen."

Emre erzählte ein wenig von seinem Leben, wo er aufgewachsen war, wie er in dieses Land gekommen war und was er machte.

Imam Hassan kam schnell zu Sache.

„Du kommst aus dem Teil des Landes, wo die Kämpfer für den Glauben sehr nahe sind."

Emre verstand sofort diesen versteckten Hinweis auf die IS-Kämpfer.

„Du meinst die Radikalen, die alle anderen töten oder vertreiben?"

„Sie werden ein reines Land schaffen für Menschen mit dem reinen Glauben."

„Glaubst du, es wird eine bessere Welt, wenn jeder für seinen Glauben tötet und die anderen vertreibt? Ist es nicht besser, wenn alle gleichberechtigt nebeneinander leben?", fragte Emre.

63

„Die Geschichte hat uns gelehrt, dass es kein Nebeneinander der Religionen geben kann. Überall bekämpfen sich die Menschen mit unterschiedlichem Glauben. Und nur der wahre Glaube wird siegen."

„Früher gab es Zeiten, da haben sich Moslems, Juden und Christen gegenseitig toleriert. Sie haben gut miteinander gelebt. Sie haben viel voneinander gelernt, und Wissenschaft und Kunst hatten eine Blütezeit."

„Und die Menschen hatten keinen richtigen Glauben mehr. Die Sitten verfielen. Und wer hat die großen Kreuzzüge begonnen? Es waren die Christen, die uns vertreiben wollten."

„Und dafür haben wir dann die Christen und Juden vertrieben."

„Und die Christen haben sich bis auf Blut bekämpft, die Katholiken und die Protestanten haben es bis vor Kurzem noch in Nordirland getan."

„Wir müssen voneinander lernen." Emre wollte die Debatte beenden.

„Ich hoffe, Allah zeigt auch dir noch den richtigen Weg", verabschiedete sich Imam Hassan.

Emre und Özcan verließen den Saal. Bei einem Abendessen redeten sie darüber, was sie gehört hatten. Sie waren sich einig, dass der Weg des Imams nicht der richtige sein konnte.

„Dieser Imam verführt und radikalisiert die Menschen", stellte Emre fest.

„Er findet leider genug Junge in unserem Viertel. Sie werden von der Gesellschaft nicht akzeptiert, sind frustriert und haben eine schlechte oder gar keine Ausbildung. Sie sehen all den Luxus und können sich nichts kaufen. Sie bekommen eine Wut auf diese westliche Gesellschaft", sagte Özcan.

„Es fehlt eine Integration. Ich sehe es auch dort, wo ich wohne: Die Ausländer werden nicht anerkannt, sind aber auch nicht bereit, sich an die westliche Kultur anzupassen. Sie sollten sich mit den Belangen dieses Landes solidarisch zeigen. Sie sollten auf die Straße gehen und demonstrieren, wenn wieder ein Anschlag erfolgt ist, und sich nicht zu Hause einschließen. Nur so kann es zu einer gegenseitigen Anerkennung kommen", folgerte Emre. „Wobei ich nicht meine, dass wir unsere Kultur und Sprache aufgeben sollen!"

Özcan stimmte ihm zu.

Nach einigen Tagen reiste Emre mit neuen Eindrücken und Gedanken wieder nach Hause. Lange sprach er mit Katia darüber. Sie hatte viele Fragen. Nicht alle konnte er beantworten. Sie war froh, dass Emre so deutlich die pluralistische Gesellschaft unterstützte. Das hätte auch anders kommen können.

Die Hafenstraße

Hans Weiser schlenderte in Richtung Hafen. Er war schon länger nicht mehr hier gewesen, dabei lag die Wohnung von Helga gar nicht so weit entfernt. Bestimmt mehr als ein Jahr, dachte er. Lastkraftwagen mit Containern fuhren hin und her. Andere wurden von zwei riesigen Kränen be- oder entladen. Ein einziger Arbeiter saß weit oben und steuerte das fahrbare Stahlmonster. Grüne, rote, blaue und gelbe Container mit unterschiedlichen Schriftzeichen verließen das Hafengebiet.

Gegenüber, wo früher Bürogebäude, Kneipen und Wohnhäuser gestanden hatten, war Brachland. In einer Ecke des Hafens waren alte Verladekräne als Nostalgieobjekte erhalten geblieben.

Dort sah Hans ein paar ältere Männer. Er schlenderte zu ihnen, denn er hatte seinen alten Kumpel Berti entdeckt. Berti hielt eine Flasche Bier in der Hand und unterhielt sich angeregt mit einem anderen Rentner. Beide drehten sich zu ihm um, als er kam.

„Hallo, alter Junge", sagte Berti und klopfte ihm auf die Schulter. „Auch mal wieder in der Gegend?"

„Große Versammlung heute. Und was gibt's bei euch?"

„Man muss sich treffen und reden. Sonst verdummst du nur zu Hause."

„Geht ihr zu der Versammlung heute Abend?", fragte Hans.

„Was für eine Versammlung? Zu so was geh ich nicht."

„Die Neue Partei, im alten Kino."

„Habe schon was anderes vor. Hätte die aber gerne mal gehört. Die Typen von den anderen Parteien verarschen uns doch alle. Im Wahlkampf versprechen sie uns alles und texten uns zu. Und am Ende kommt nichts dabei raus." Berti runzelte ärgerlich die Stirn.

Man unterhielt sich weiter darüber, wie sie die Zeit herumbrachten.

Hier am Hafen war wenigstens einiges los. Lastkraftwagen kamen und übernahmen Container von den Schiffen oder luden welche ab. Eifrige Männer in blauer Arbeitskleidung steuerten die Kräne und verteilten Lieferscheine. Aber Zeit hatte keiner mehr.

„Nicht mehr so wie früher. Jetzt sieht man kaum noch Leute, alles automatisiert." Bedauern schwang in Bertis Stimme mit.

„Und es wird Tag und Nacht gearbeitet." Hans dachte an seine viele freie Zeit.

„Die müssen aber nichts mehr schleppen. Macht alles der Kran. Alles liegt in Containern."

So standen sie und beobachteten eine Zeit lang das Geschehen. Aber nichts Besonderes geschah.

Ein anderer Rentner gesellte sich zu ihnen.

„Hat sich ganz schön was geändert in den letzten Jahren. Als ich noch hier gearbeitet habe, liefen viel mehr Leute rum."

Berti nickte.

„Und die vielen kleinen Buden mit den Speditionen. Jetzt ist alles weg."

„Und die meisten Kneipen sind auch weg", stellte Hans fest.

„Und die Nutten. Richtig langweilig hier."

„Weißt du noch, wie sich zwei Zuhälter am helllichten Tag eine Schießerei geliefert haben? Bis die Bullen kamen." Berti kam die alte Geschichte in den Sinn.

„Wir saßen oben in den Kränen und auf den Schiffen und haben zugeguckt. Das war eine Show!"

„Den einen haben sie gekriegt, der andere war weg", erinnerte sich der neu Hinzugekommene.

„So etwas kriegst du nicht jeden Tag geboten." Bertis Gesicht strahlte bei der Erinnerung.

„Aber gesehen haben wir danach keinen mehr von denen."

„Jetzt gibt es die Nutten nur noch oben in der Altstadt." Hans dachte an Irene.

Ein paar Regentropfen fielen, und die Gruppe beschloss, in die nächste Kneipe zu gehen. An der Kneipe Zum Silbernen Dreimaster machten sie halt. Als sie die Tür öffneten, schallte ihnen lautes Stimmengewirr entgegen, begleitet von Küchengerüchen.

„Hier könnt ihr sitzen, wir sind fertig, müssen zurück an die Arbeit." Ein Arbeiter in seiner blauen Montur erhob sich, andere folgten ihm. Ein großer Tisch wurde für sie frei.

„Jeder ein Kölsch?", fragte der Wirt.

„Klar. Elf Bier, Herr Wirt."

Hans erzählte von seinen letzten Erlebnissen.

„Und du bist gemalt worden? Hans, das Modell!" Berti musste laut lachen und klopfte sich heftig auf die Schenkel. Auch die anderen brüllten vor Lachten.

„Wenn ich es euch sage."

Man unterhielt sich weiter bis zum Nachmittag, als sich der Hunger bei Hans meldete. Er bestellte eine Kartoffelsuppe und Brot. Da er kaum noch Geld hatte, lieh er sich etwas. Dann verabschiedete er sich. Draußen begrüßten ihn ein paar Sonnenstrahlen. Er freute sich über die Wärme, lief zum Rhein und setzte sich auf eine Bank. Er beobachtete die Kähne, die an ihm vorbeifuhren. Sollte er jetzt nach Hause gehen oder weiter durch die Stadt laufen? Eile hatte er nicht. Er stand auf, kam zu keiner Entscheidung und lief weiter am Hafen entlang. Er würde bald wieder Hunger bekommen und auch Durst. Er setzte sich auf eine Kiste, die am Ufer stand, und überlegte. Nach Hause gehen wollte er nicht. Was erwartete ihn dort? Eine missmutige Lilly. Bis zur Veranstaltung waren es noch ein paar Stunden.

Die Parteiveranstaltung

Eine Anzahl Interessierter hatte sich schon in der Halle eingefunden und scharenweise strömten weitere herein. Früher war hier einmal ein Kino gewesen. Die Kinosessel hatte man später entfernt. Ein paar Tische und Stühle wurden vorne aufgestellt. Dann kam eine Frau mittleren Alters mit halblangen dunklen Haaren auf die Bühne. Hans fand, dass sie mit ihrem dunklen Rock und dem weißen Blazer schick angezogen war, besser als die meisten Anwesenden. Offenbar war sie bei vielen bekannt, denn sie wurde lautstark empfangen. Für diejenigen, die sie nicht kannten, stellte sie sich als Claudia Penn vor. Sie begrüßte alle, die im Saal waren, und begann mit ihrer Rede. Zuerst nahm sie sich die jetzige Regierung vor.

„Sie treffen seit vielen Jahren die falschen Entscheidungen. Diese Entscheidungen sind gegen ihr eigenes Land gerichtet, und den Menschen geht es immer schlechter. Seht unser Hafengebiet an! Nur noch wenige Menschen arbeiten dort, es gibt nur noch Maschinen. Und diejenigen, die dort Arbeit haben, werden schlecht bezahlt. Zwölf Firmen waren früher dort und haben etwas hergestellt. Jetzt sind sie alle in China, Indien oder sonst wo. Dort können sie noch billiger produzieren. Aber ihre Sachen werden nicht billiger verkauft. Die Bosse machen das große Geld."

Lautstarke Zustimmung begleitete diesen Teil ihrer Rede, immer wieder von Klatschen unterbrochen.

69

„Und diejenigen, die geschuftet haben und jetzt von der Stütze leben, bekommen fast gar nicht mehr. Ganz im Gegensatz zu den Asylanten. Erst werden sie zu uns eingeladen, dann kommen sie zu Hunderttausenden. Seid ihr gefragt worden? Und etliche bringen auch noch ihre vielen Frauen und Kinder mit. Immer mehr lässt man hinein. Und wer muss die durchfüttern? Wir natürlich mit unseren Steuergeldern."

Im Saal brandete Applaus auf, und man hörte viele zustimmende Rufe.

„Denen werden auch noch Arbeitsplätze angeboten, eure Arbeitsplätze! Die nehmen euch die Arbeit und die Wohnungen weg. Die arbeiten nichts und bekommen trotzdem mehr Geld als einer, der seinen Job seit vielen Jahren macht. Und sie machen unsere Straßen unsicher. Welche Frau kann denn nachts noch alleine ihr Haus verlassen? Ich traue mich nicht mehr. Und wie viele Terroristen haben wir ins Land gelassen? Die können sich jetzt überall verstecken, bei uns und in allen Nachbarländern. Sie können ihre Anschläge verüben, ohne dass die Polizei etwas dagegen machen kann. Warum? Weil sie schon im Land sind. Danke, liebe Regierung. Es reicht jetzt!"

Gebrüll und Gejohle im Saal. Claudia Penn gab ihr Bestes.

„Die da oben in Berlin treffen nur Entscheidungen, die ihnen etwas nützen. Die haben ihr Geld und ihre Häuser. Und sie kungeln mit den Bossen von der Industrie. Die sahnen ab und verlegen ihre Firmen ins Ausland. Und wer kümmert sich um unsere Kinder?" Damit wechselte Claudia zu ihrem Lieblingsthema.

„Die Mütter werden durch unser heutiges System gezwungen, arbeiten zu gehen. Warum? Weil das Geld zum Leben hinten und vorne nicht reicht. Und von der Rente kann man erst recht nicht leben. Die Kinder kommen aus der Schule und niemand ist da, der sich um sie kümmert. Kein Wunder, dass aus der Jugend nichts mehr wird. Wie ist es dazu gekommen, frage ich Euch? Diese Feministinnen und Revoluzzer der vergangenen Jahrzehnte haben den Frauen das eingeredet. Ich habe im Parlament erlebt, wie das gute und traditionelle Frauenbild kaputtgemacht worden ist. Wir verlangen, dass die Mütter sich wieder um ihre Kinder kümmern können!"

Unter tosendem Applaus verließ Claudia Penn das Rednerpult.

Der nächste Redner wiederholte nur, was schon gesagt worden war, und versprach, dass mit der Neuen Partei alles besser würde.

„Nach den nächsten Wahlen werden wir in die Parlamente einziehen und für eine vernünftige Politik sorgen. Wir werden die Ausländer wieder hinauswerfen. Wir werden wieder Arbeitsplätze für euch schaffen. Wir werden dafür sorgen, dass unsere Städte, Straßen und Plätze wieder sicher werden. Wir werden Polizisten einstellen. Unsere Grenzen werden wieder geschützt werden. Schaut doch nur unsere Armee an. Das ist eine Lachnummer. Wir haben gerade einmal zwanzig Flugzeuge, von denen zwölf nicht fliegen können! Für die Hälfte der Panzer ist kein Geld für Treibstoff da. Das ist doch ein Witz!"

Donnernder Beifall. Hans war hingerissen. Diese Leute haben recht, dachte er. Als er klein war, war die Situation auch für seine Familie besser gewesen. Und seinen Freunden ging es genauso. Er kannte auch welche, die ihren Job verloren hatten, weil die frühere Firma nach Asien abgewandert war. Das Wort Globalisierung fiel immer wieder. Für Hans hörte sich das nicht gut an. Aber er wusste auch nicht so recht etwas damit anzufangen.

Am Eingang kam Unruhe auf. Von draußen konnte man unverständliche Rufe hören, und plötzlich ging die Eingangstür auf. Demonstranten rannten in den Saal und auf die Bühne. Einer nahm das Mikrofon und rief allen zu, dass sie die Sprüche der Neuen Partei nicht glauben sollten.

„Es ist alles gelogen! Diese Leute sagen euch nicht die Wahrheit, sie haben für all die Probleme keine Lösung. Sie sind nur gegen alles Neue und wollen die alten Zeiten zurück. Und sie wollen am liebsten jemand, der ihnen sagt, wo es langgeht."

Dann kam es zu den ersten Schlägereien. Hans wurde es mulmig zumute, und er versuchte sich durch die Menge in Richtung Ausgang zu bewegen. Nur noch Schreie, Rufe und Gebrüll waren aus der aufgebrachten Menge zu hören. Durch einen Seiteneingang entkam er aus dem Saal. Auf der Straße hörte er die ersten Polizeisirenen. Ärgerlich entfernte er sich aus der Gegend. Gegen diese Störer musste man sich wehren. So konnte es wirklich nicht weitergehen. Ich würde hier hart durchgreifen, dachte er.

Reiner

„Hallo Hans, wie geht es dir? Ganz alleine unterwegs?"
„Oh, Reiner! Mit dem Rad auf Tour?"
„Ich komme gerade aus dem Büro. Dies ist mein Weg zurück nach Hause. Und du? Was treibst du so?"
„Na ja, habe keine Arbeit."
„Seit wann?"
„Schon ziemlich lange. Wann haben wir uns das letzte Mal gesehen?"
„Auf dem Klassenfest. Muss so ziemlich genau zehn Jahre her sein. Du hast damals als Maurer gearbeitet, richtig?"
„Ja, aber nicht mehr lange. Hatte dann Probleme. Genauer gesagt, ich bin dann rausgeflogen wegen zu viel Alkohol."
„Und das ist nicht besser geworden? Zu alt zum Arbeiten bist du doch noch nicht."
„Hat nicht mehr so richtig geklappt."

Sie waren Klassenkameraden und hatten während ihrer Schulzeit viel zusammen unternommen. Einmal waren sie mit ihren Mopeds bis nach Norwegen gefahren. Zelte hatten sie dabeigehabt. Sie liebten die Freiheit. Damals waren sie siebzehn Jahre alt gewesen. Reiner hatte seinen Weg gemacht. Er war jetzt Manager in einer Reederei und besaß ein eigenes Haus. Er war immer noch der sportliche, jugendliche Mann. So oft wie möglich fuhr er mit dem Rad ins Büro.
„Hast du Zeit?", fragte er Hans. „Du kannst mit zu mir nach Hause kommen. Ab jetzt habe ich Urlaub."
„Tolle Sache."
„Wir werden allerdings eine halbe Stunde laufen müssen."

Das nahm Hans gerne in Kauf. Bei Reiner gab es bestimmt etwas zu essen. Der Hunger nagte, wie so oft, in seinem Bauch. Unterwegs erzählte Reiner aus seinem Leben. Er lebte seit drei Jahren von seiner Frau Monika getrennt. Sie würden sich wohl auch scheiden lassen.

„Was kaputt ist, ist kaputt", meinte Hans.

Reiner entgegnete nichts darauf. Stattdessen fragte er:

„Und bei dir?"

Sie waren immer sehr offen miteinander gewesen. Hans erzählte seine Geschichte. Was für ein Unterschied! Reiner konnte es beinahe nicht glauben. Hans war immer voller Ideen gewesen und hatte alles mitgemacht. Oft war er der Wortführer, wenn es um Spiele oder um Diskussionen während des Unterrichts ging. Mit seinen rechten Ansichten legte er sich gerne mit seinen Klassenkameraden und den Lehrern an. Jeder hatte erwartet, dass Hans seinen Weg machen würde. Wie hatte es zu so einem Absturz kommen können? War es der Alkohol? Aber wieso machte sich sein Freund so sehr vom Alkohol abhängig?

„Ich werde in den nächsten vierzehn Tagen mit dem Rad die Rur hinauffahren. Morgen soll es schon losgehen!" Reiner überlegte und fragte dann:

„Hast du Lust, mitzufahren?"

„Kann ich machen. Ich bin allerdings schon länger nicht mehr größere Strecken gefahren. Falls du 100 Kilometer am Tag fahren möchtest – das kann ich nicht."

„Das kriegen wir schon hin. Dann fahren wir nur die Hälfte pro Tag. So alt bist du nun auch wieder nicht."

„Und ein Rad und Geld habe ich überhaupt keines."

„Lass das mal meine Sorge sein. Ich lade dich ein."

„Wird aber teuer, wenn du mich für zwei Wochen aushalten möchtest."

Reiner lachte. Das hatte er mit eingerechnet; diese Kosten würde er leicht verkraften können.

„Ein paar richtige Radlersachen brauchst du auch", meinte er. „Ich habe noch einiges im Schrank. Und dann ist da noch mein altes Rad. Das ist ziemlich gut in Schuss."

„Ich muss Lilly Bescheid sagen. Sonst lässt sie mich suchen."

„Wir fahren heute Abend kurz bei ihr vorbei. Dann kannst du es ihr sagen. Hast du Hunger?"

Reiners Haus war nicht sehr groß, aber modern eingerichtet. Alles war sauber und aufgeräumt. Hans kam sich hier fremd vor. Er erzählte nicht, dass er seit Stunden nichts gegessen hatte. Reiner stellte Brot, Käse und Wurst auf den Tisch und wunderte sich über den guten Appetit seines Freundes. Anschließend nahmen sie die Räder und fuhren zu Lilly. Bei kleinen Steigungen kam Hans aus der Puste, doch Reiner war zuversichtlich, dass die Kondition wieder zurückkommen würde.

Das Stadtviertel, in dem Hans' Wohnung lag, war ein ganz anderes als das, wo Reiner lebte.

„Hier hat sich wirklich nicht viel getan seit unserer Jugend." Reiner erkannte die Straßen seiner Kindheit.

„Die Häuser sind noch die alten, aber teilweise ziemlich heruntergekommen. Du wohnst immer noch hier?"

„Ohne Job findest du nichts Besseres. Selbst bei uns wollen sie immer höhere Mieten."

Sie hielten vor der Wohnung. Hans wollte nicht, dass Reiner mit hereinkam, diese Peinlichkeit wollte er sich ersparen. Reiner sah sich um. Die Hauswände waren beschmiert, die Haustür mehrfach repariert. Einige Briefkästen quollen über von Werbeprospekten. Als sie Kinder waren, waren diese Mietshäuser neu gebaut worden. Damals sah alles sehr schön und ordentlich aus.

Hans kam gut gelaunt mit einer Tüte Kleidung zurück und erklärte, dass Lilly nicht da sei. Er hatte ihr eine Mitteilung hinterlassen und sich auf diese Weise eine längere Auseinandersetzung erspart. Vielleicht war es aber Lilly sogar recht?

Reiner betrachtete die Kleidungstücke in der Plastiktüte. Sie waren alt und teilweise gestopft. Unterwegs werde ich Hans ein paar neue Sachen kaufen, dachte er. Sie fuhren zurück, saßen noch zwei Stunden zusammen und erzählten sich Geschichten aus ihrer Jugendzeit. Reiner bewunderte Hans' Beinahe-Abstinenz an diesem Abend. Nur ein Bier hatte er getrunken.

Am Morgen packten sie Kleidung und Proviant in die Fahrradtaschen. Dann ging es los. Zuerst durch die Stadt und dann auf dem bequemen Radweg am Flussufer entlang. Es war frisch und die Sonne schien ab und zu. Sie fuhren an den letzten Häusern der Stadt vorbei und kamen an die ersten Felder. Der Weizen war schon abgemäht, und die Strohballen lagen goldgelb auf den Feldern. Der Mais stand hoch. Sie waren bestens gelaunt und kamen gut voran. Als Hans immer langsamer wurde, machten sie eine Pause. Reiner hatte damit gerechnet.

„Hast du nicht einen anderen Sattel? Ich kann bald nicht mehr sitzen." Hans rutschte immer öfter auf seinem Sattel hin und her oder stand auf.

„Du bist das nicht mehr gewöhnt. Wir machen öfter Pause."

„Wie weit sind wir denn schon gefahren?"

„Erst vierzehn Kilometer. Es wäre schön, wenn wir heute 35 Kilometer schaffen. Dann finden wir auch eine gute Übernachtungsgelegenheit."

„Dann lass uns mal weiterfahren. Wenn ich nicht mehr sitzen kann, fahre ich im Stehen."

Beide lachten und fuhren weiter. Hoffentlich hält er durch, dachte Reiner. Um Hans abzulenken, erzählte er aus seinem Leben, von seiner ersten Liebe, seiner Heirat, der Trennung und von Bekanntschaften mit anderen Frauen.

„Ist da keine dabei, mit der du gerne zusammenleben willst?"

„Das kann ich mir schon mit der einen oder anderen vorstellen. Aber im Moment genieße ich das Single-Dasein."

Hans wiederum erzählte von seinen Bekanntschaften, von Helga und Irene, die er sehr mochte und die er immer wieder besuchte.

„Und mehr nicht?", fragte Reiner.

„Ich müsste weg vom Alkohol, eine regelmäßige Arbeit haben und mich von Lilly trennen. Auch wenn es mit Lilly nicht mehr richtig klappt, sie bringt mich doch immer wieder durch."

„Ich verstehe."

77

Nach viereinhalb Stunden war das Etappenziel nicht mehr weit. Sie fuhren in eine kleine Stadt und hielten nach einer Unterkunft Ausschau. Hans schob sein Rad inzwischen, er konnte nicht mehr sitzen. In einem Restaurant mit Gästezimmern mieteten sie sich ein.

„Ich habe in der Nähe einen Fahrradladen gesehen. Wenn du möchtest, können wir nach einem bequemeren Sattel für dich schauen."

Hans fand die Idee gut, und sie erstanden einen neuen Sattel. Dann stellten sie ihre Räder ab und setzten sich in den gemütlichen, mit alten Kastanien bewachsenen Biergarten.

„Ein Bier zum Abgewöhnen?"

„Natürlich."

„Warum ist das mit dir und deiner Frau eigentlich auseinandergegangen?", fragte Hans.

„Wir zogen nicht mehr am selben Strang. Sie akzeptierte nichts mehr, was ich sagte. Und so gab ein Wort das andere. Sie wusste alles besser. Egal, was ich sagte, ich hatte immer unrecht. Solche Menschen widerlegen dich Wort für Wort. Du merkst dann sehr schnell, dass eine weitere Diskussion sinnlos ist. Lass den Besserwisser stehen und denke dir deinen Teil. Du hast sowieso unrecht. Ein Besserwisser wird es immer ablehnen, zu dieser Kategorie zu gehören", beendete Reiner seine Rede.

„Das scheint dich ziemlich mitgenommen zu haben. War deine Frau so anstrengend?"

„Entschuldige, wenn ich jetzt so viel doziert habe. Aber ich mag diese Art Menschen nicht."

Er hatte nicht alles verstanden, was Reiner ihm erzählt hatte. Er fand Reiner nett, ihn störte aber, dass er anscheinend zu den Leuten gehörte, die immer eine Erklärung für jedes Problem hatten. Wie die Politiker, dachte Hans und sagte:

„Findest du nicht, dass die meisten Politiker auch Besserwisser sind?"

„Da ist sicherlich etwas dran", erwiderte Reiner.

„Die Leute von der Neuen Partei sind da anders", meinte Hans. „Sie decken all das Besserwisserische der Politiker und der Wissenschaftler auf. Die haben immer eine Erklärung, und wenn du etwas dagegen sagst, hast du unrecht. Meistens kann ich gar nichts sagen, weil ich es nicht verstehe."

„Aber die Wortführer dieser Neuen Partei haben doch überhaupt keine Antworten auf unsere Probleme! Sie lehnen nur alles ab", hielt Reiner ihm entgegen.

„Und sie pöbeln gegen Ausländer und Linke."

Hans wurde wütend.

„Wir müssen für die Asylanten zahlen. Eigentlich sollten die Politiker der jetzigen Regierung das tun. Aber nein, wir müssen dafür aufkommen." Ihm fiel die Veranstaltung der Neuen Partei ein. War es schon wieder beinahe ein Jahr her, seit er dort war?

„Wollen wir mal nicht streiten und genießen den Abend." Reiner wollte jetzt keine Auseinandersetzung. Er dachte sich seinen Teil. Der Steuerbeitrag von Hans zu diesen Ausgaben dürfte nicht sehr hoch gewesen sein. Sie bestellten sich das Abendessen und gingen dann bald auf ihr Zimmer.

„Sag mal, Hans, du warst doch früher mit Kathrin zusammen. Wie kam es, dass ihr euch getrennt habt?" Reiner hatte es sich schon im Bett gemütlich gemacht.

„Das war doch noch zur Schulzeit."

„Aber jeder meinte, ihr würdet nie auseinandergehen."

„Das passierte bald nach der Schule. Ich hatte eine Lehre als Schreiner begonnen, und sie ging auf eine Schule in einer anderen Stadt. Wir trafen uns noch zweimal, und dann sagte sie mir, dass sie einen neuen Freund hätte. Danach haben wir uns nie wiedergesehen."

„Vermisst du sie?"

„Manchmal ja. Ich hänge viel herum, und dann kommen die Gedanken. Oft stelle ich mir vor, was wir zusammen hätten machen können."

„Hast du nie versucht, sie wiederzufinden?"

„Nein."

„Und hast du die Schreinerlehre fertiggemacht?"

„Ich habe sie abgebrochen. Der Chef wollte, dass ich auch am Wochenende arbeite, und er brüllte ständig herum."

„Und dann? Warum bist du nicht zu einer anderen Schreinerei gegangen?"

„Ich hatte erst einmal die Nase voll. Ich hing herum. Auf dem Arbeitsamt haben sie mir dann eine Lehrstelle als Maurer vermittelt."

„Und, ging das gut?"

„Es war ganz lustig. Gelernt habe ich schon etwas, aber auch das Trinken. Und ich trank mehr als die anderen, bis mich der Chef rauswarf."

„Und von da an hattest du das Problem mit dem Alkohol?"

„Genau."

Hans hatte schon lange nicht mehr so gut geschlafen. Reiner weckte ihn um acht Uhr. Nach dem Frühstück packten sie ihre

Sachen, kauften noch ein paar Würste und Brot als Proviant und fuhren dann wieder zum Flussradweg.

„Vielleicht schaffe ich heute mehr Kilometer als gestern. Mit diesem neuen Sattel!"

Hans war guter Stimmung. Nur ein Bier gestern Abend und dann so gut geschlafen. Die frische Luft war wunderbar. Sie kamen flott voran und versuchten, mit den Kähnen auf dem Fluss um die Wette zu fahren. Die erste Pause machten sie nach zwei Stunden.

„Was für ein Fortschritt! Du wirst richtig gut."

„Warten wir ab, wie es weitergeht."

Nach vier Tagen wurde die Landschaft hügeliger, und sie mussten so manche Steigung hinauffahren.

„Wenn du im ersten Gang fährst, siehst du aus wie ein Hamster im Rad, der ganz schnell treten muss", scherzte Reiner.

Sie schwitzten während der Fahrt bergauf und freuten sich über die Aussicht und die anschließende Abfahrt. Hin und wieder kam ein kleiner Regenschauer. Reiner hatte für die richtige Kleidung gesorgt. Ging es bei Regen den Berg hinauf, mussten sie allerdings unter ihrer Regenkleidung heftig schwitzen.

„Hättest du nicht wieder Lust zu arbeiten?"

„Eigentlich schon. Aber was denn? Gelernt habe ich nichts richtig."

„Überlege einmal, was dir Spaß machen würde. Und dann eine neue Lehre? Und dann gibt es auch wieder Geld. Vielleicht kann ich dir helfen."

Hans ging nicht weiter auf den Vorschlag ein und sie setzten ihre Fahrt fort.

Die nächsten zwei Tage fuhren sie weiter am Fluss entlang. Am Abend des zweiten Tages machten sie Halt an einem Restaurant. Eine Hochzeitsgesellschaft saß zusammen und feierte fröhlich. Hans und Reiner bekamen einen Tisch im Nebenraum und konnten die Gesellschaft von dort gut beobachten.

„Wie war deine Hochzeitsfeier?", fragte Hans.

„Wir waren eine ziemlich kleine Gesellschaft. Unsere Eltern und ein paar Freunde waren dabei. Ziemlich unspektakulär."

Mehr wollte Reiner zu diesem Thema nicht sagen.

Sie hatten Glück und erreichten innerhalb der geplanten Zeit und ohne größere Probleme ihr Ziel. Hans ging es immer besser. Er stritt gerne über politische Dinge und konnte sich dabei richtig in Rage reden, und Reiner war dann froh, wenn sie an eine Steigung kamen und Hans die Luft für den Aufstieg benötigte.

„Du konntest immer schon gut reden. Vielleicht versuchst du es als Politiker", scherzte Reiner.

Hans sagte nichts darauf. Er überlegte immer wieder, was er demnächst machen sollte. Es war ihm bewusst, dass sein Leben so nicht weitergehen konnte. Er würde gerne wieder arbeiten und auch Mitglied bei der Neuen Partei werden. Würde er das schaffen?

Wichtig für die beiden Freunde war, dass sie ihre alte Freundschaft erneuert hatten. Sie kamen immer noch gut miteinander aus, trotz der unterschiedlichen Ansichten. Zurück fuhren sie mit dem Zug. Reiner wartete auf ein Zeichen von Hans. Interessierte der sich jetzt für eine Arbeitsstelle bei ihm oder nicht?

„Wenn du willst, kannst du das Rad behalten."

Sie hatten alles abgeladen. Wehmütig verabschiedete sich Hans von Reiner und fuhr nach Hause. Aber vorher machte er noch einen Umweg und holte sein Hartz-IV-Geld ab.

Lilly war zu Hause und bügelte. Sie schaute auf, als Hans hereinkam. Er hatte ein paar Sachen von Reiner an, war gebräunt und hatte abgenommen.

„Du hast es dir mal wieder gut gehen lassen, während ich hier geschuftet habe", schimpfte sie. „Und eine Mieterhöhung haben wir auch bekommen."

„Für diese Trümmerbude?"

„Da liegt der Brief. Geh arbeiten, sonst reicht das Geld nicht."

„Hier, das habe ich gerade abgeholt."

„Und nicht versoffen? Ein Wunder."

Er setzte sich und erzählte von der Radtour und dass sein Freund Reiner alle Kosten übernommen hatte.

„Und was will er dafür?"

„Dass ich wieder arbeite."

„Hat er auch Arbeit für dich?"

„Wenn ich will, fragt er in seiner Firma nach."

Lilly lachte höhnisch.

„Und du willst natürlich nicht, wie ich dich kenne."

Thorsten Schmitt

Thorsten Schmitt hatte, wie jeden Morgen, einen Apfel und eine Banane in seinen Rucksack zu seinem Laptop gepackt. Gestern Abend nach dem Handballtraining hatte er noch ein paar E-Mails von Kollegen beantwortet und sich dann schlafen gelegt. Beate war schon zwei Stunden früher ins Bett gegangen. Um 6 Uhr 30 mussten sie wieder aufstehen, den Kindern das Frühstück bereiten und sich selber für den Büroalltag fertigmachen.

Die Kinder knallten die Haustür zu und setzten sich auf die Fahrräder. Augenblicklich war Ruhe im Haus. Nur leises Geklapper von Geschirr war zu hören und dann Beates Föhn. Thorsten nahm seinen Rucksack, warf ein Tschüss in Richtung oberes Stockwerk und stieg in sein Auto. Vor der Auffahrt auf die Autobahn gab es den üblichen Stau.

Thorsten und Beate Schmitt waren in ihren Vierzigern und hatten sich vor wenigen Jahren den Traum vom eigenen Haus erfüllt. Aufgewachsen waren beide in einfacheren Verhältnissen. Sein Studium hatte Thorsten mithilfe vieler Nebenjobs finanziert. Beate konnte eine abgeschlossene Lehre als Bürokauffrau aufweisen. Sie waren stolz auf das bislang Erreichte und wollten sich auch keinem Risiko aussetzen. Das Familieneinkommen war nicht besonders hoch, niedrige Zinsen auf Bankdarlehen machten den Kauf des Hauses aber möglich. Beate konnte mit ihrem Ersparten einiges zum Kauf beitragen. Sie hatte, bis Tobias geboren wurde, als Sachbearbeiterin in einer Firma gearbeitet. Thorsten hoffte, dass seine Karriere weiterhin erfolgreich verlaufen würde, sodass sie ein Leben frei von finanziellen Sorgen führen konnten. Beate wollte später wieder in ihren Beruf zurückkehren. Sie träumten von etwas Wohlstand und vielen Reisen. Die ständigen Umorganisationen im Betrieb hingen allerdings wie ein Damoklesschwert über Thorsten. Die gesamte IT-Branche war in Bewegung.

Thorsten gingen die Auseinandersetzungen des gestrigen Abends in der Umkleidekabine durch den Kopf. Franz hatte die Flüchtlingspolitik der jetzigen Regierung verteidigt. Holger hatte ihn deswegen angegriffen und wollte sämtliche Flüchtlinge und sonstige Ausländer sofort aus dem Land treiben. Entzündet hatte sich der Streit an der Frage, ob der Verein Flüchtlinge aus dem nahen Lager aufnehmen sollte, sie wären auch eine Verstärkung für die alternde Mannschaft. Per Vereinsstatut durfte es keine Aufnahmeverbote geben. Holger hatte sich vehement gegen die Aufnahme gewehrt und begann lautstark zu polemisieren, ganz wie die Neue Partei. Manche Mitglieder stellten sich hinter ihn, manche unterstützten Franz. Thorsten wollte auch nicht, dass ihr Verein jetzt ein Flüchtlings-Camp wurde, wie er es ausdrückte. Im Streit waren sie auseinandergegangen.

Ein Autofahrer hinter ihm hupte. Die Fahrzeugkolonne bewegte sich wieder. Wie hat sich die Gesellschaft verändert, dachte Thorsten. Er arbeitete schon länger in einer großen Firma mit weltweiten Niederlassungen. Als Experte für neue IT-Systeme hatte er sich in der Firma einen Namen gemacht. Durch seine Arbeit war er auf der ganzen Welt vernetzt. Täglich hatte er es mit ausländischen Kollegen zu tun.

Manchmal war es zäh, mit dem einen oder anderen zusammenzuarbeiten. Doch letztendlich kamen sie immer ans Ziel, auch wenn er es manchmal anders gemacht hätte. Noch vor sieben Jahren hatten in seiner Abteilung an diesem Standort zwanzig Leute gearbeitet; jetzt waren sie nur noch zu dritt. Die meisten Stellen waren aus Kostengründen nach Osteuropa und nach Indien verlegt worden. Bei jeder anstehenden Umstrukturierung hatte Thorsten Angst, dass auch seine Stelle verlegt werden könnte. Er war jetzt zweiundvierzig Jahre alt und würde gerne ein paar Jahre in Ruhe arbeiten. In ihr Haus waren sie erst vor wenigen Jahren eingezogen. Die Familie hatte Angst vor neuen Umzügen. Viel Hoffnung machte er sich diesbezüglich freilich nicht. Er bekam natürlich mit, in welchem Tempo technische Weiterentwicklungen und damit verbundene Umstrukturierungen stattfanden. Immer wieder kamen Kollegen aus der ganzen Welt in ihr Büro, und wenn es Gäste und Kollegen aus Indien, China oder Afrika in ihrer Niederlassung waren, fand Thorsten das ganz in Ordnung. Aber in Massen wollte er mit ihnen nicht hier zusammenarbeiten. Und in diesen Massen wollte er auch keine Ausländer in seinem Land haben.

Wegen des Staus kam er beinahe zu spät zu der Besprechung. Schnell öffnete er seinen Laptop, um die neuesten Informationen zu erhalten. Die indischen Kollegen waren schon seit drei Stunden vor Ort. Für ihn gab es nach der Besprechung einiges zu bearbeiten.

In seinem Büro ging Thorsten den Terminkalender durch und stellte fest, dass das geplante Mittagessen mit Frauke verschoben werden musste. Ein anderer Termin zu dieser Zeit war ihm reingeschoben worden. Er hatte heute genug zu tun.

Am frühen Nachmittag sorgte eine Meldung aus dem Management für Unruhe. Da der amerikanische Präsident die Einreise von Menschen muslimischen Glaubens in die USA verboten hatte, sollten Meetings in Zukunft bevorzugt als Tele- oder Videokonferenzen erfolgen. Geplante Reisen wurden abgesagt und nur in Ausnahmefällen genehmigt. Thorsten war sauer. Er hatte eine Geschäftsreise geplant und wollte anschließend noch zwei Wochen privat in den USA unterwegs sein. Auch Helen hatte sich freigenommen. Beide arbeiteten schon seit Jahren zusammen und hatten sich mehrmals in den USA getroffen. Sie hatten einmal sogar Zukunftspläne gemacht. Aber jetzt wurde wohl nicht einmal was aus der gemeinsamen Reise. Wegen dieser Islamisten und Terroristen haben wir dauernd Ärger, dachte Thorsten. Er war wütend und hatte schlechte Laune. Immer wieder wurde er an diesem Tag von Telefonaten gestört und von Kollegen unterbrochen, die etwas von ihm wollten. Er konnte diese Großraumbüros nicht ausstehen. Ständig fühlte er sich unter Beobachtung, und jedes Gespräch bekam er mit. Ein Bericht musste fertiggestellt werden, und zwar für heute Abend. Seine privaten Pläne konnte er also vergessen; er hatte für seine Modelleisenbahn einen neuen Zug kaufen wollen, stattdessen würde er an seinem Bericht sitzen. Sein Terminkalender sagte ihm allerdings, dass er vielleicht gegen vier Uhr gehen und dann von zu Hause aus arbeiten könnte.

Er machte sich mit Laptop und Unterlagen auf den Heimweg. Es war gutes Wetter, und wenn er Glück hatte, spielten die Kinder draußen und er hat seine Ruhe. Um diese Zeit kam er auf der Straße noch zügig voran, bis er von der Polizei angehalten wurde. Die Straße war wegen einer Demonstration gesperrt. Die Bunte Partei und eine ganze Reihe von Flüchtlingen protestierten gegen die schlechte Behandlung und gegen die ständigen Angriffe. Thorsten war sauer. Er musste jetzt einen Umweg nehmen, der ihn bestimmt eine halbe Stunde oder mehr kostete. Da er nicht der einzige Autofahrer auf der Strecke war, kam er auch auf der Ausweichstrecke nicht schnell voran. Am liebsten wäre er ausgestiegen und hätte sich an einer Gegendemonstration beteiligt. Diese Bunten mit ihren Flüchtlingen. Mit denen kamen auch die Terroristen ins Land. Sie würden dieses Land noch kaputtmachen. Ihretwegen konnte er jetzt auch nicht in die USA fliegen. Thorsten war verärgert.

Zu Hause war die Situation entspannter. Die Kinder waren nicht da. Thorsten setzte sich in sein Zimmer und begann zu arbeiten. Er kam zügig voran, doch bei jedem Nachlesen entdeckte er Fehler, die er beim Schreiben im Büro gemacht hatte. Er machte eine Pause und setzte eine E-Mail an Helen ab. Sie antwortete verklausuliert, dass sie natürlich auch traurig über diese Reiseverfügung war. Sie waren beide sehr vorsichtig mit ihrer Korrespondenz. Private E-Mails waren nicht erlaubt, und sie wollten auch nicht, dass sie ein Ziel für Gerüchte wurden. Über seine private E-Mail-Adresse schrieb er nicht an Helen, aus verständlichen Gründen.

Beate kam mit den Kindern nach Hause. Es war schon halb sieben. Thorsten brauchte noch Zeit für seinen Bericht, aber er wusste, dass es in den nächsten zwei Stunden dazu keine Gelegenheit geben würde. Er unterbrach seine Arbeit und half bei der Hausarbeit.

„Hast du die Demo der Bunten und der Asylanten gesehen?", fragte Beate ihn.

„Das war unvermeidlich. Die Straßen waren gesperrt, und ich musste einen Umweg nehmen. Ich hatte extra früh das Büro verlassen, um in Ruhe einen Bericht fertigzustellen. Heute Abend mache ich weiter. Hoffentlich gewinnen die nicht die nächsten Wahlen. Sonst kannst du mit Kopftuch herumlaufen."

„Das ist gar nicht wahr", warf der dreizehnjährige Tobias ein. „Wir haben ganz viele Kinder aus anderen Ländern in der Klasse, und die sind alle okay. Und die Lehrer sagen auch, dass die Politiker von der Neuen Partei Unsinn verbreiten."

Thorsten blickte kurz zu seiner Frau. Er verstand ihren Blick, nur jetzt keine Diskussion. Sie waren sich einig, dass sie die Neue Partei wählen würden, auch wenn diese Vorsitzenden unter ihrem Niveau waren. Es gab auch Leute in der Partei, die vernünftiger waren. Alle anderen Parteien konnte man nicht wählen.

Um neun Uhr setzte sich Thorsten wieder an seinen Report. Die 25 neuen E-Mails las er erst gar nicht, registrierte aber jedes Mal, wenn eine neue Nachricht eintraf. Kurz vor Mitternacht kam noch eine Mail von Helen. Ihr Chef meinte, dass die Konferenz vielleicht in einem anderen Land stattfinden könnte. Thorsten beendete gut gelaunt seinen Bericht und ging zu Bett.

„Was hältst du davon, wenn wir am Wochenende einen Ausflug machen?", fragte Beate, als sie aus dem Badezimmer

kam. „Wir sollten mal wieder mehr Zeit miteinander verbringen, du und ich. Die Kinder sind bei meiner Mutter."
Sie schlug die Bettdecke zurück und legte sich neben ihn.
Thorsten gähnte.
„Lass uns morgen darüber reden. Jetzt bin ich müde. Gute Nacht."

Aufstand der Mieter

Als Miteigentümer eines Döner-Restaurants hatte Emre sich inzwischen einen Namen gemacht. Er hatte fünf Angestellte und war beliebt bei seinen Kunden, Einheimischen wie Ausländern, und auch in der Geschäftswelt. Er konnte Hilfe bei Behördenfragen leisten, er hatte über die Jahre schon viele Abteilungen auf den Ämtern gesehen und beherrschte die deutsche Sprache inzwischen recht gut. Er bewohnte mit Katia und Laura eine geräumige Vierzimmerwohnung. Katia war befördert worden. Emre besaß jetzt die deutsche Staatsbürgerschaft, gehörte aber gleichzeitig und weiterhin dem Islam an und stand dazu. Er forderte Toleranz Andersgläubigen gegenüber und praktizierte sie ebenfalls. Freitags ging er in die Moschee. In den Gesprächen nach dem Freitagsgottesdienst vertrat er seine Einstellung. Er konnte reden und auch manchmal diejenigen mit extremeren Positionen überzeugen. Er warb dafür, dass der Islam auch hier toleriert würde. Nach seiner Vorstellung sollten Moscheen dort gebaut werden, wo es notwendig war, ebenso sollten islamische Feiertage toleriert werden.

Der Stadtrat hatte eine Sanierung des Viertels beschlossen, in dem Emres Restaurant lag. Man plante, einige Straßen neu zu pflastern und die Häuser nach dem neuesten Stand der Technik zu modernisieren. Es sollte ein Vorzeigeprojekt werden. Erste Vorgespräche mit den Besitzern verliefen positiv für die Stadt. Doch die Mieter und auch er waren nicht besonders erfreut. Noch waren die Wohnungen bezahlbar, doch nach der Renovierung sollten die Mieten drastisch steigen, frei gewordene Wohnungen teuer verkauft werden. Emres Restaurant war an anderer Stelle geplant, die Hälfte der Baukosten sollten die beiden Inhaber tragen. Sie hatten das Geld nicht, genauso wenig wie die anderen Mieter. Die Mieter erhoben Einspruch, einige ließen sich von Anwälten beraten, es formierte sich Widerstand.

Emre lud alle zu einer Versammlung ein. Mieter und Restaurantbesitzer trafen sich am verabredeten Abend. Jeder wollte zu Wort kommen, es wurde ein heilloses Durcheinander, denn verständlicherweise waren die meisten sehr erregt. Doch nach und nach organisierte sich die Runde und eine Protestgruppe bildete sich. Emre, nicht der einzige Ausländer, übernahm seinen Teil mit einigen weiteren Betroffenen. Er wurde zum zweiten Sprecher. Ihr Ziel stand fest: Den Mietern durfte weder gekündigt noch durften die Häuser für Spekulanten interessant gemacht werden. Die lokalen Zeitungen mussten darüber informiert werden, ebenso eine Zeitung für Ausländer. Sie setzten sich mit der Presse in Verbindung, Reporter interviewten einige Mieter sowie Emre und seinen Geschäftspartner und berichteten von diesem Protest. Die Resonanz in der Bevölkerung war groß.

Doch die Mehrheit im Stadtrat und der Bürgermeister sahen die Renovierung als ihr Prestigeprojekt an. Die Sprecher der Protestgruppe wurden zu einem Gespräch beim Bürgermeister eingeladen, der allerdings weder von seinen Plänen abzubringen war, noch ihnen geeignete finanzielle Mittel für einen Ersatz anbieten wollte. Er fühlte sich in einer starken Position. Emre und seine Mitstreiter ließen die Zeitungen über ihre Situation berichten und organisierten eine Demonstration. Das Interesse war riesig. Ein paar Tausend Menschen kamen zu dieser Kundgebung, auf der auch Emre sprach. Unterschriftenlisten wurden herumgereicht. Die Stimmung schlug um, die meisten Mitglieder des Stadtrates waren gegen die Totalrenovierung, wie sie es jetzt nannten. Die Bewohner und Restaurantbesitzer waren nun in einer besseren Position und beschlossen, nicht klein beizugeben. Als die Kündigungen in den Briefkästen lagen und Menschen in den Straßen auftauchten, die die Häuser in auffallender Weise betrachteten und fotografierten, unternahm Emre den nächsten Schritt. Die Verbreitung der Lokalzeitung war zu gering, um mehr Menschen über diese Aktion zu informieren. Über sein Netzwerk gelang es ihm, nicht nur einen Artikel in einer überregionalen Zeitung zu veröffentlichen, sondern auch in einer Fernsehsendung zu berichten. Die Journalisten wurden neugierig, gingen der Sache nach und deckten eine Korruptionsaffäre auf. Der Bürgermeister und einige Stadträte mussten zurücktreten. Emres Name war nun bekannt. Katia und er waren stolz.

Er lernte in dieser Zeit viele neue Menschen und die Parteien in der Stadt kennen. Besonders gefielen ihm die Leute der Bunten Partei, zu der auch einige Immigranten gehörten. Die Mitglieder waren streitbare Leute mit neuen Ideen. Ihre Ansichten zu den Themen Umwelt, Energie und Offenheit gegenüber Fremden hatten sie über die Jahrzehnte zu einer etablierten Partei gemacht. Sie hatten viel erreicht. Sie konnten sich oft nicht auf eine Linie einigen, was einer der Gründe war, warum sie sich zurzeit in der Opposition befanden.

„Warum gründest du nicht eine Partei?", schlug ein Freund Emre vor.

„Ich glaube nicht, dass es sinnvoll ist, eine Islam-Partei zu gründen", antwortete der. „Das würde dem Nationalpopulismus nur noch mehr Auftrieb geben. Selbst wenn sämtliche Muslime diese Partei wählen würden, wären wir immer noch zu klein, um wirklich in die Politik eingreifen zu können."

„Okay, aber warum gehst du nicht in eine Partei, in der Muslime mitarbeiten?"

„Meinst du die Bunten?"

„Zum Beispiel."

Emre dachte darüber nach. Er entschloss sich, bei den Bunten einzutreten.

Hans hat einen Traum

Hans lag nach seiner Radtour im Bett. Lilly hatte den ganzen Abend versucht, Einzelheiten aus ihm herauszuholen. Doch er war missgelaunt und erzählte nicht viel. War die Welt schöner gewesen, als er noch jung war, fragte er sich? Für mich schon, dachte er. Es gab nicht die vielen Ausländer. Sie waren nur dort, wo man sie brauchte. Die Polizei sorgte für Sicherheit auf den Straßen. An jeder Ecke gab es einen Laden, und der Doktor hatte seine Praxis auch nicht weit weg. Sollte er auf ein Amt, musste er nicht jemanden fragen, der sich für ihn durch dieses Internet arbeitete. Waren nicht die Leute von der Neuen Partei der gleichen Meinung wie er?

„Hör mal, Lilly, was hältst du von der Neuen Partei?"

„Alles nur Schwätzer. Wie alle da oben."

„Aber wenn sie mal recht haben?"

„Womit denn? Die schenken uns auch kein Geld. Und die da oben haben es."

„Die Leute in der Neuen Partei sind so wie du und ich. Sie stehen für uns ein. Die da oben kümmern sich doch nur um sich selbst." Mit diesen Gedanken und der Erinnerung an die letzten Tage schlief Hans ein.

Er war gerade eingeschlafen, da ging die Tür auf und ein gleißendes Licht schien herein. Neugierig stand er auf und ging zur Tür. Vor ihm öffnete sich eine parkähnliche Landschaft. Verwirrt wollte er auf seine Uhr schauen, doch die lag irgendwo in der Wohnung. Er wollte aber nicht umkehren. Es zog ihn nach draußen. Es war angenehm warm. War das ein Traum? Hans verfolgte diese Frage nicht länger und lief in die Grünanlage. Er war nackt, aber das störte ihn überhaupt nicht. Wasser plätscherte in einen großen runden Brunnen. Er sah sich um. In solchen Parks war er schon einmal gewesen, früher. Es war auf einem Schulausflug. Sie hatten ein Schloss besucht und waren stundenlang mit dem Lehrer in den Gartenanlagen herumgelaufen. Ein Führer gab Erklärungen zu Schloss, Garten, Brunnen und Statuen. Hier sah es ähnlich aus.

Ein paar Meter weiter sah er einige Gärtner, die Blumen pflanzten. Sie sahen kurz auf, schenkten ihm aber keine weitere Beachtung. Niemand nahm von seiner Nacktheit Notiz. Er lief weiter über eine Wiese, erreichte einen kleinen See und stieg hinein. Das Wasser war angenehm warm. Wieder musste er kurz überlegen. Es war doch gar kein Sommer mehr? In der Nähe weckte ein kleines Haus sein Interesse. Ein Lkw stand davor. Er konnte deutlich „Wäscherei" lesen. Sein Gedanke war, dass er dort vielleicht etwas zum Anziehen finden würde. Die Tür stand offen. Im Hintergrund liefen Waschmaschinen und Trockner. In einer Ecke legten einige Männer und Frauen die saubere Wäsche zusammen und stapelten sie in ein Regal. Hans fand auch Stapel mit Hosen und Hemden. Er ging gezielt darauf zu und nahm sich, was er suchte, in der passenden Größe. Keiner hatte etwas dagegen. Die Leute im Waschhaus lächelten ihm freundlich zu. Dann machten sie eine Pause und setzten sich auf eine Bank. Hans setzte sich zu ihnen und war jetzt neugierig.

„Wo bin ich hier?"

„Auf Schloss Richtberg bist du."

„Ich weiß gar nicht, wie ich hierhergekommen bin."

„Das wissen wir auch nicht."

„Wo wart ihr vorher?"

„Das haben wir inzwischen alle vergessen."

„Wo wohnt ihr?"

„Im Schloss."

„Und wo steht das Schloss?"

„Das ist doch egal. Es ist schön hier. Es scheint immer die Sonne, und wir haben gutes Essen."

„Gibt es an diesem Ort noch andere Menschen? Ich habe ein paar Gärtner gesehen."

„Ja, ab und zu sehen wir welche. Und jeden Abend treffen wir uns zur großen Party im Schloss."

„Jeden Abend Party?"

„Klar. Du kommst auch."

Hans spürte langsam Hunger und machte sich auf den Weg zurück in sein Haus. Was er dann sah, hatte aber keine Ähnlichkeit mit dem Gebäude, das er meinte verlassen zu haben. Dort stand in der Tat ein kleines Schloss! Einige Leute aus dem Garten bewegten sich dorthin. Er trat mit ihnen ein und fand sich in einem Raum voller Tische wieder. Speisen waren aufgetragen worden, und man bediente sich. Bei den Gesprächen ging es um den Garten oder um irgendwelche Leute, die er nicht kannte. Immer wieder versuchte er herauszufinden, wo er sich befand oder wo die Menschen herkamen. Plötzlich stand er auf einer Bühne und hielt eine Rede. Er sagte, wie wunderbar gleich und glücklich alle hier wären. Er würde dafür kämpfen, dass es so bliebe. Alle applaudierten.

Dann gingen die Lichter aus, und der Vorhang zu einer großen Bühne öffnete sich. Künstlicher Nebel lag über dem Fußboden. Psychedelische Musik erklang. Die Menschen begaben sich auf die Bühne und begannen sich zu umarmen, zu küssen und sich ihrer Kleider zu entledigen. Hans bemerkte den etwas süßlichen Geruch des Nebels und wollte zurückweichen. Doch jemand schob ihn von hinten weiter und zog ihm seine

Kleider aus. Im Nebel verschwanden die Konturen der Körper. Helga küsste ihn.

Hans erwachte. Was war das für ein Traum gewesen? Lilly war schon auf und hatte Kaffee gemacht. Während Hans den langsam trank, ließ er seinen Blick durch die Wohnung schweifen. Es war wie immer. Doch er musste ständig an diesen Traum denken. Er wollte die gute alte Zeit zurückhaben.

Der Student

Nun war Emre nicht nur als Restaurantbesitzer bekannt, sondern auch als Leiter einer Protestbewegung. Er war jetzt Mitglied bei den Bunten, hatte aber seine Pläne nicht vergessen. Für die Zulassung zum Studium brauchte er den Nachweis, dass er das Deutsche beherrschte – und zwar das Schriftliche wie das Mündliche. Das Mündliche war kein Problem, aber das Schreiben hatte er vernachlässigt. Zwei Prüfungen, fast nebenbei gemacht, hatten nicht zum gewünschten Erfolg geführt. Noch einmal durfte er nicht durchfallen, dies war seine letzte Chance. Er musste sich mehr auf die Prüfung konzentrieren. Er musste es schaffen. Katia half ihm nach Kräften.

Vier Wochen Intensivkurs mit finanzieller Unterstützung von Freunden brachten den erhofften Fortschritt. Er bewarb sich an der Uni für die Fächer Wirtschaft und Politologie – und wurde Student. Mit seinem Alter und seiner Lebenserfahrung war er der Außenseiter. Er konnte sich organisieren und hatte dadurch Vorteile gegenüber manchem jungen Kommilitonen.

In Politologie war er gefragt, weil er über eigene Erfahrungen verfügte.

Die Umstellung auf das Studium war nicht leicht. Emre vermisste sein Restaurant, die Treffen mit den erfolgreichen Protestlern. Er war immer noch Mitbesitzer des Restaurants und hatte so ein kleines Einkommen. Auf der anderen Seite konnte er jetzt mehr zu Hause sein und seine kleine Tochter sehen. Er und Katia wechselten sich, wenn möglich, in der Betreuung ab. Er freute sich darüber, wie gut sich Laura entwickelte. Er spielte mit ihr, so oft es ging. Ihm wurde aber auch klar, dass er sich auf das Studium konzentrieren und die Parteiarbeit reduzieren musste, um möglichst bald beruflich tätig zu sein und Geld zu verdienen.

Das Studium half ihm, das politische und demokratische System zu verstehen und offene Diskussionen über aktuelle Themen zu führen. Die vielen Kriegsflüchtlinge, die seit vielen Jahren ins Land gekommen waren und immer noch kamen, hatten zu einer Polarisierung der Gesellschaft geführt.

Zahlreiche Studenten sahen die Notwendigkeit einer Eingliederung der Immigranten in die Gesellschaft. Auf der anderen Seite standen die vielen Einwohner, die Angst vor dem unbekannten Neuen, vor den anderen Kulturen und um ihre Arbeitsplätze hatten. Dass einige der Flüchtlinge kriminell waren, bestärkte sie in ihren Vorbehalten, dabei begingen die Fremden prozentual gesehen nicht mehr Straftaten als die Einheimischen. Aber mit solchen Argumenten ließen sich die Leute nicht beruhigen. Sie hatten Angst vor allem Neuen und auch vor der für sie nicht mehr überschaubaren und unverständlichen technischen Welt. Viele der Akademiker sahen darin nur ein Problem der mangelnden Bildung.

Während eines mehrtägigen Seminars suchte Emre Antworten auf seine vielen Fragen. Die Studenten waren mit ihrem Professor und einem Tutor ein paar Tage ans Meer gefahren und tauschten sich über die aktuelle und künftige Politik aus. Emre und Professor Zuber vertieften sich in ein Gespräch über Emres Heimat. Emre konnte anschaulich von früher erzählen, über seine Zeit als junger Mann und Lehrer. Über die derzeitige Situation konnte er nicht viel sagen, auch wenn er noch viele Freunde in seiner Heimat hatte. Aber es war schwierig, mit ihnen zu kommunizieren, und dorthin zu reisen wäre gefährlich.

„Was eigentlich hat zu der jetzigen politischen Situation hier und in anderen westlichen Ländern geführt?", fragte er den Professor.

„Es war eine Art Explosion. Lange hat man sich nicht um die, ich möchte es mal die Masse nennen, gekümmert. Es waren die Leute, die zur Wahl gingen, aber über „die da oben" in der Hauptstadt schimpften. Ihre Emotionen ließen sie nur am Stammtisch heraus, sie gingen nicht auf Parteiveranstaltungen und diskutierten nicht in der Öffentlichkeit. Sie trauten sich nicht, dort zu reden."

„Jetzt haben sie das Internet und können anonym bleiben."

„So ist es. Und plötzlich merken sie, dass sie nicht allein sind, sondern dass viele die gleiche Meinung haben. Das macht sie stark."

„Und warum haben diese Menschen so eine Abneigung gegen die da oben, gegen die Elite?"

„Weil sie sich nicht vertreten fühlen. Ihre Meinungen, ihre Ansichten werden nicht für voll genommen. Falls sie etwas zu einem Studenten, einem Gebildeten sagen, dann haben die Gebildeten, wie ich es einmal nennen möchte, immer das letzte Wort und die besseren Argumente. Es sind aber oft die Menschen aus der Elite, die einerseits die Moral predigen und sich andererseits nicht daran halten. Als ein Beispiel möchte ich die Einstellung nennen, im großen Maßstab die Steuern nicht zu bezahlen. Es sind die da oben, die die Sozialleistungen kürzen und andererseits Theater subventionieren, in die nur die Gebildeten gehen. Meistens werden die Meinungen der einfachen Leute beiseitegeschoben. Es hat sich eine Wut entwickelt, die mit der Aufnahme der Flüchtlinge eskaliert ist. Die hat das Fass zum Überlaufen gebracht. Es begann zu kochen. Mich würde es keineswegs wundern, wenn das Flüchtlingsthema morgen keine große Aufmerksamkeit mehr finden würde, weil es wieder in den Hintergrund tritt. Manche Populisten sehen die Gunst der Stunde. Sie haben sich mit ihren Reden an die Spitze der Bewegung katapultiert. Sie brauchen keine Lösungen für die von ihnen angesprochenen Probleme anzubieten. Sie sprechen die Ängste lautstark aus und verstärken sie noch.“

„Und die Unzufriedenen laufen den Populisten hinterher.“ Emre war zufrieden, das Phänomen der Neuen Partei einmal so verständlich erklärt bekommen zu haben.

„Die Anführer wittern die Macht. Sie suchen ausschließlich die Macht.“

„Und was machen sie mit der Macht?“

„Sie nutzen sie. Sie sind die Führer dieser Bewegung, dieser Partei.“

„Falls sie wirklich an die Macht kommen, wie wollen sie regieren? Ein Lösungsangebot haben sie doch nicht." Emre war sehr gespannt auf die Antwort.

„Sie werden regieren, mit oder ohne Lösung. Sie haben ihre eigenen Ziele. Schauen Sie in die Geschichte. Hitler hatte wenige Ziele. Er wollte die Grenzen erweitern und die Juden vernichten. Er hatte keine einzige Lösung für die Probleme der damaligen Zeit. Populisten der heutigen Zeit wie Berlusconi oder Trump wollen die Macht nur für ihre eignen Ziele haben. Berlusconi hat kein einziges Problem in Italien in Angriff genommen, geschweige denn gelöst. Trump will nur sein eigenes Ego stärken. Er sagt, er will Amerika stark machen und meint nur sich."

„Wenn diese Theorie stimmt, müsste man nur versuchen, die Anhänger dieser Partei ernst zu nehmen. Man dürfte sie nicht arrogant in der Ecke stehen lassen, sondern man müsste mit ihnen ins Gespräch kommen."

„Das ist richtig", sagte Professor Zuber. „Nur, momentan hängen sie an den Lippen der Populisten. Für die jetzige Situation ist es zu spät. Wir können nichts gegen das tun, was gelaufen ist. Wir können es nur in Zukunft anders machen."

„Wir müssen aber jetzt etwas tun", wandte Emre ein. „Sonst laufen wir in eine Situation, wie Sie sie beschrieben haben. Dann würde viel kaputt gemacht werden."

„Welche Lösung bieten Sie an?" Professor Zuber blickte ihn von der Seite an.

„Wir müssen immer wieder die Fakten erklären."

„Also post-postfaktisch vorgehen", erwiderte Professor Zuber. „Ich stimme Ihnen zu. Erst einmal diejenigen, die *post*faktisch (also nicht von den Fakten, sondern vom Gefühl her) argumentieren, von der Richtigkeit der Tatsachen überzeugen."

Professor Zuber ließ ihm Zeit, sich diesen Gedanken durch den Kopf gehen zu lassen. Dann fuhr er fort:

„Und wir dürfen nicht vergessen, diesen Menschen eine Zukunftsperspektive zu geben."

„Die momentan von niemandem angeboten wird", ergänzte Emre.

„Da haben Sie vollkommen recht. Daran müssen wir auch noch arbeiten."

Für Emre war klar, dass er sich weiterhin nur mit Wahrheiten und Tatsachen befassen würde. Er wollte ehrlich sein und alle Demokraten ansprechen. Ein hehres Ziel.

Er fasste für sich das Diskutierte zusammen und besprach es zuhause mit Katia. Sie war glücklich über die Haltung ihres Mannes, sah aber auch die kommenden Probleme für ihre Familie. Einerseits war sie stolz auf seine Karriere, andererseits würde er in Zukunft keine Zeit mehr für sie haben. Und der politische Gegner machte ihr Angst.

Hans entdeckt sein Talent

„Willst du dir nicht endlich mal wieder Arbeit suchen?", waren Lillys erste Worte, nachdem Hans die Augen geöffnet hatte.

Er schwieg und ließ den dünnen Kaffee in sich hineinlaufen. Er hatte einen Plan für den heutigen Tag. Die Neue Partei war sein Ziel. Er erinnerte sich dunkel an ein Gesicht bei der Parteiveranstaltung; dieser Mann arbeitete in einem kleinen Kaufhaus, wo er selten einkaufte, aber im Winter gerne hinging, um sich aufzuwärmen. Wie viele Monate war das schon wieder her, dachte er, zog seine Jacke an und verließ das Haus. Als er den Mann in der Teppichabteilung des Kaufhauses entdeckte, sprach er ihn an. „Habe ich Sie nicht auf der Veranstaltung der Neuen Partei gesehen? Sie saßen gleich neben dem Podium."

„Richtig. Ich habe die Veranstaltung mitorganisiert."

„Dann sind Sie in der Partei?"

„Ja, einer der Ersten von hier. Wir haben schon ganz schön viele Mitglieder. Haben Sie Interesse?"

„Ich würde gerne einmal vorbeischauen. Wann treffen Sie sich?"

„Heute Abend im Alten Anker."

„Das trifft sich gut, das Lokal kenne ich", sagte Hans erfreut.

„Dann bis heute Abend."

Eine Gruppe von beinahe zwanzig Leuten hatte sich im Nebenzimmer des Restaurants in der Nähe des Hafens eingefunden. Außer dem Teppichverkäufer, der sich als Alex Hauser vorstellte, kannte Hans niemanden. Alex bat um Aufmerksamkeit und stellte Hans vor. Hans erzählte kurz seinen Lebenslauf und dass er arbeitslos war, verschwieg aber seine Probleme mit dem Alkohol. Kurz überlegte er, dass er in der Tat während der letzten Wochen kaum etwas getrunken hatte. Er erzählte auch, warum er heute Abend gekommen war.

„Ich sehe viele Dinge so wie ihr. Ich finde vieles ungerecht, was in unserem Land passiert."

Am Schluss hatte Hans bald eine halbe Stunde lang gesprochen. Er war selbst darüber überrascht. Die Leute applaudierten anerkennend. Anschließend fasste der Vorsitzende des Ortsvereins ihre Ziele zusammen:

Die Ausländer sollten das Land verlassen, der Islam sollte bei uns verboten werden, jeder Moslem, der schon länger hier lebte, konnte zum Christentum konvertieren. Dann dürfte er bleiben, solange er kein Verbrechen verübte. Was in diesem Land gekauft wurde, musste auch hier produziert werden. Ausländische Waren sollten mit hohen Einfuhrzöllen belegt werden. Die Kultur durfte nicht von Afrikanern und Asiaten kaputtgemacht werden. Kein Geld mehr für Theater oder Filme von solchen Farbigen. Es sollte die direkte Demokratie eingeführt werden. Die Menschen würden über alle Fragen direkt abstimmen. Keine Mauschelei mehr bei den Regierenden.

Hans fühlte sich am richtigen Ort. All diese Meinungen vertrat auch er. Er beeilte sich, noch etwas zum Thema Industrie und Fremde zu sagen, die anderen Punkte waren ihm zunächst egal. Dann wurden Kandidaten für die nächste Stadtratswahl gesucht, für jeden Stimmbezirk einer. Die Runde fand, dass Hans der geeignetste für sein Wohngebiet war, er hatte gut gesprochen. Er war stolz, aber auch unsicher in Bezug auf diese neue Aufgabe: Auf der Straße sollte er an Passanten herantreten und sie überzeugen, sollte Broschüren verteilen, auf Veranstaltungen reden.

„Das kannst du bestimmt, so wie du heute Abend geredet hast", bestärkte ihn einer der Anwesenden.

Lilly war sprachlos. Ihr Hans würde an der Straße stehen und Wahlkampf machen? Sie konnte es nicht fassen. „Das möchte ich sehen." Lilly machte gerade den Abwasch. „Nach all den Jahren des Nichtstuns und Saufens wirst du Stadtrat." Sie lachte spöttisch. „Das passt. Die im Rathaus sind auch nicht besser."

Eine Woche später rückte Hans mit Broschüren unter dem Arm, einem Campingtisch und einem Sonnenschirm gegen den Regen auf dem Brunnenplatz an. Dieser Platz, inmitten seines etwas schmuddeligen Wohngebietes, umgeben von Billigmärkten und Kneipen, war für ihn als erster Test ausgesucht worden. Etwas schüchtern gab er vorbeigehenden Fußgängern die ersten Broschüren und sprach den einen oder anderen an. Zunächst hatte er wenig Erfolg. Schließlich suchte er sich diejenigen mit den billigen Kleidern, diejenigen, die arbeitslos aussahen, heraus. Sie verwickelte er in Gespräche. Mit der Zeit hatte sich tatsächlich eine kleine Gruppe um den Campingtisch gebildet. Dies erregte die Neugierde der anderen Passanten. Hans redete frei und provozierte. Mit der Zeit fühlte er sich immer sicherer, deutete auf Leute, die wie Ausländer aussahen, und provozierte weiter. Bald konnte er nichts mehr zum Lesen verteilen. Die Broschüren waren ihm ausgegangen.

Der Nachmittag kam. Er fühlte sich sichtlich gut in seiner Rolle. Eine Gruppe mit einer Fahne der Bunten näherte sich seinem Stand und stellte einen Tisch direkt daneben auf. Wollte Hans Passanten von seinen Ansichten überzeugen, so stellten sie sich dazu und widersprachen ihm. Hans war verärgert, ließ aber nicht locker, denn er hatte seine Anhänger, die vermehrt zu ihm strömten und ihn unterstützten. Am nächsten Tag schrieb die Zeitung über Hans. Sie schrieb nichts Gutes über ihn, aber sein Name kam häufig vor, Hans Weiser. Hans Weiser und Claudia Penn waren die richtigen Leute zur richtigen Zeit, um diese Protestler zu führen. Zurück in die gute alte Zeit.

Ein aufstrebender Politiker

Neben seinem Studium engagierte sich Emre immer häufiger in der Bunten Partei. Durch geschicktes Fragen, Vorstellen von Lösungen und Lobbyarbeit schaffte er es, auf sich aufmerksam zu machen. Bei der nächsten Regionalwahl wurde er als Kandidat aufgestellt und gewählt. In seiner Fraktion leitete er nun das Ressort für Glaubensfragen. Es war ihm ein Anliegen, mit Vertretern sämtlicher Glaubensrichtungen in Kontakt zu sein. Wegen seiner toleranten Art und seiner Sachkenntnis wurde Emre sehr geschätzt. Katia half ihm bei seinen Vorbereitungen. Innerhalb der Bunten Partei wurde seine Anhängerschaft größer, und er ließ sich für die nächste Landtagswahl aufstellen.

Jetzt lernte Emre das harte Brot des täglichen Wahlkampfs und der Anfeindungen durch Rechtsradikale und Anhänger der Neuen Partei kennen. Immer wieder versuchten deren Anhänger seine Wahlveranstaltungen zu stören, gar zu sabotieren. Emres Taktik war, sie immer wieder in Diskussionen zu verwickeln. Er musste aber lernen, dass eine echte Diskussion mit diesen Leuten nicht möglich war. Die Ausländer- und Sicherheitspolitik der etablierten Parteien wurde von den Vertretern der Neuen Partei bewusst falsch dargestellt. Ihre Argumente waren an den Haaren herbeigezogen. Doch ihre postfaktische, emotionale Argumentationsweise zog weite Teile der Gesellschaft an. Sie behaupteten, was die Menschen hören wollten, auch wenn es nicht stimmte. Wurden sie in der Presse widerlegt, wollte das von den Anhängern keiner hören und es hieß, man habe ihre Aussagen falsch verstanden. Auch Emre hatte mit Populisten zu kämpfen, die zu seinen Veranstaltungen kamen. Er wurde niedergebrüllt, als Illegaler und Blutsauger beschimpft, der jahrelang nur von Steuergeldern gelebt hätte. Nachdem er in einer Talkshow von seiner Lehrertätigkeit im Flüchtlingslager erzählt hatte, unterstellte ihm die Neue Partei, dass er diese Flüchtlinge ins Land bringen wolle. Die Ehe mit Katia wurde als Beispiel dafür genommen, dass die Flüchtlinge den Einheimischen die Frauen wegnähmen. Emre war auf diese Angriffe vorbereitet und reagierte nach außen hin ruhig. Innerlich war er es nicht. Die Angriffe nahmen ihn sehr mit.

Manche Veranstaltungen der Bunten waren chaotisch. Die unterschiedlichsten Meinungen zum Umgang mit der Neuen Partei wurden lautstark vorgetragen und diskutiert. Unklar war, ob die Bunten im kommenden Wahlkampf wieder in die mehr linke Richtung oder mehr in die rechte gehen sollten. Jede Richtung hatte ihre Vertreter, und es gab noch diejenigen, die irgendwo dazwischen ihre Meinung vertraten. Die Partei hatte bei den letzten Wahlen viele Stimmen verloren, wohl auch durch diese ungenaue Positionierung. Die Wähler wollten die vielen unterschiedlichen Meinungen, die diese Partei einmal groß gemacht hatten, nicht mehr hören. Von einigen wurde der

Ruf nach einer klaren Richtung und einer starken Persönlichkeit an der Spitze laut. Den meisten im Saal war das zu diesem Zeitpunkt aber nicht verständlich zu machen.

Emre sah seine Chance, hier Klarheit zu schaffen. Er bat um Redezeit und stellte die Situation der Partei dar. Er zitierte Umfragen und Analysen. Er malte sehr verständlich aus, wie die Wahl ausfallen würde, wenn sich die Partei nicht eindeutig darstellte und nicht einen Kandidaten aufstellte, der diese Position auch vertrat. Seiner Meinung nach sollten die Bunten die alten Grundsätze vertreten und das auch deutlich kommunizieren: eine offene und tolerante Gesellschaft, freie Religionsausübung, Aufnahme von Kriegsflüchtlingen, eine saubere Umwelt und die Unterstützung der Industrie in der Produktion von Maschinen und Fahrzeugen mit regenerativer Energie. Streiten sei wichtig, sagte er, aber danach müssten die Kompromisse akzeptiert werden.

Emre bekam sehr viel Zustimmung für seine Rede. Die Führung der Partei bat ihn, sich als Kandidat für den Vorstand aufstellen zu lassen. Er hatte inzwischen ein gutes Netzwerk aufgebaut.

Hans wird führen

Hans Weiser wurde in den Stadtrat gewählt, als Arbeitsloser. Da er viel Zeit hatte, warf er sich in die Arbeit und übernahm Aufgaben in der Partei und der Fraktion. Ihre Fraktion war nicht groß, die Partei bekam aber immerhin 15,2 Prozent der Stimmen im ersten Anlauf – er bekam in seinem Wahlbezirk

24,5 Prozent. Das war ein Riesenerfolg für ihn. Er war stolz darauf und machte das auch im Stadtrat deutlich. Bei jeder Gelegenheit wies er darauf hin, dass ein Viertel der Menschen in seinem Stadtbezirk seiner Meinung war. Er fiel besonders durch seine abfälligen Bemerkungen gegenüber Räten der anderen Parteien auf. Seine Spezialität war, in der Vergangenheit und in den Kontakten der Räte herumzuwühlen, und er fand immer einen wunden Punkt. War es das eine Mal, dass der Stadtrat Trauber zu enge Kontakte zu den Baufirmen der Stadt hatte, so war es das andere Mal, dass Ausländer durch Bestechung angeblich bessere Wohnungen bekommen hatten. Hans unterstellte Korruption, wurde im Stadtparlament ermahnt, gegen ihn wurden Anzeigen gestellt.

Er war bei der Presse und den Lesern bekannt. Was die Bürger schon lange vermutet hatten (welcher Rat konnte sich eine Millionen-Villa leisten), konnten sie jetzt in der Zeitung lesen. Er wurde, bei Wiederholung, zu einer Geldstrafe verurteilt, das war aber für die Zeitungsleser schon nicht mehr interessant. Andere Male griff er Räte mit Migrationshintergrund an, besonders die mit muslimischen Wurzeln.

„Sie wollen doch nur unser Land islamisch machen. Einer nach dem anderen. Immer mehr von ihnen kommen. Schert euch raus! Wir sind ein christliches Land! Und jetzt machen die Bunten auch noch einen Islamisten zu ihrem Vorsitzenden, diesen Emre."

Ein Journalist fand heraus, dass Hans schon lange aus der Kirche ausgetreten war. Die Zeitung trat das Thema breit. Für den Gescholtenen war es dennoch kein Schaden.

„Seht, was die Lügenpresse schreibt!", antwortete er bei der nächsten Rede, die er vor seinen Anhängern hielt, und wedelte mit seiner Taufurkunde herum. Zustimmendes Nicken im Saal und brausender Beifall. Hans Weisers Name war in aller Munde.

Reiner konnte es nicht fassen. Hatte er nicht mit seinem Freund in der Jugend viel Zeit verbracht? Waren sie nicht zwei Wochen miteinander geradelt? Sie vertraten unterschiedliche Ansichten, ja, aber so radikal hatte sein Freund seine Meinung bisher nicht geäußert. Hatte er sich verstellt oder war er zu einer anderen Einstellung gekommen?

„Du hast eine tolle Karriere gemacht", sagte Reiner, als sie sich einmal trafen. Das Gasthaus war voll, die Tür offen, der Frühling zeigte sich von seiner schönsten Seite. Warme Abendluft kam herein.

„Deine Einstellung kann ich aber nicht teilen und ich bin überrascht. Deine nationale Gesinnung ist mir schon einige Male aufgefallen, aber so extrem habe ich dich nicht eingeschätzt. Während der Schulzeit warst du offen gegenüber allen Menschen und Meinungen. Du bist nicht mehr du selbst."

„Ich habe schon immer meine eigene Meinung gehabt. Ich habe mich nur nicht getraut, sie so offen zu äußern. Ich hatte immer schon diese Einstellung. Ihr Klugscheißer wisst immer alles besser. Immer habt ihr eine Antwort parat. Aber sonst interessiert ihr euch nicht für uns."

„Wen meinst du mit uns?"

„Wir, die wir die Arbeit machen. Die kleinen Leute. Die, wie ihr sagt, keine Bildung haben. Nicht diejenigen, die ins Theater gehen, nicht die, die auf einer griechischen Insel teuren

Urlaub machen können, nicht die, die in der Wirtschaft dicke Boni bekommen, nicht die, die in der Regierung sitzen und uns jeden Tag Lügen auftischen und bescheißen." Er steigerte sich in seine Wut hinein.

„Du erzählst doch selber Lügen", widersprach Reiner. „Die Moslems wollen uns übernehmen, behauptest du. Die Politiker arbeiten für sich selbst und nicht für das Land? Die wollten nur Kohle machen? Nicht mehr unsere Kunst wird gezeigt und gepriesen, sondern die von Afrikanern und anderen Fremden? Die wollen uns kaputtmachen? Mensch, Hans, was ist das für ein Schwachsinn! Sei doch wieder vernünftig!"

Hans wiederholte sich in seinen Phrasen, fügte noch hinzu, dass Reiner genau zu diesen arroganten Menschen gehöre, und verabschiedete sich. Reiner blieb perplex zurück. Das war nicht der, den er einmal gekannt hatte. Was war mit ihm passiert? Warum war er so verändert?

Im Laufe der nächsten Jahre wurde die Neue Partei die lauteste im Stadtrat und sicherte sich Publikum. Stadtrat Weiser war ein pöbelnder Politiker geworden. Noch nie waren die Besucherränge so gut besetzt. Man freute sich schon auf seine Kommentare und Auftritte. Die Neue Partei konnte sogar Erfolge verbuchen, die eine oder andere Forderung wurde in die Tat umgesetzt. Plätze und Straßen in ihrem Stadtteil wurden öfter gereinigt und es wurden mehr Polizisten für die öffentliche Ordnung eingesetzt. Hans stellte die Vermieter in seinem Viertel öffentlich an den Pranger, sobald sie höhere Mieten verlangten. Er und seine Stadträte ließen sich gebührend dafür feiern. Die finanziellen Mittel der Neuen

Partei verbesserten sich, und er ließ bei jedem Erfolg, den er verbuchen konnte, Zettel in den Briefkästen der Stadt verteilen.

Er lebte offiziell immer noch in der kleinen Wohnung bei Lilly, hatte aber ein eigenes kleines Apartment bezogen, das von seiner Partei bezahlt wurde. Er hatte bei seinen Kollegen Überzeugungsarbeit geleistet. Lilly war stolz auf ihren Mann. Unheimlich war er ihr aber auch. Wie mächtig er geworden ist, dachte sie. Manchmal brachte er ihr ein bisschen Geld vorbei. Mehr als das wollte sie auch nicht. Sie hatte ihn schon lange verloren.

In seiner Wohnung hatte Hans seine Freiheiten. Er dachte über neue Angriffe auf Politiker oder die Medien nach und korrespondierte mit seinen Parteifreunden im Land. Er war gegen das politische Establishment, nun gehörte er dazu. Manch eine Frau fand ihn attraktiv und kam in seine Wohnung. Er war eine bekannte und einflussreiche Person geworden. Die Frauen blieben nie lange, meistens nur ein paar Tage, denn er liebte seine Freiheit. Er wollte keine Abhängigkeiten.

Die Landtagswahlen standen an. Hans, eingeladen zum Parteikongress, hielt seine übliche Rede.

„Sie sollten einmal etwas Neues sagen", bemerkte ein Mitglied, Dr. Morgen. Der war immerhin ein gebildeter Mann. Hans hatte sich erst einmal von ihm ferngehalten, denn er gehörte für ihn zur Elite. Leute wie ihn griff er immer nur an. Wieso war dieser Mann in der Neuen Partei und gab ihm einen Rat?

„Sie müssen neue Themen aufgreifen", fuhr Dr. Morgen fort. „Es gibt so viele. Zum Beispiel, was wir machen wollen, wenn wir an die Regierung kommen. Es gibt ähnliche Strömungen in Nachbarländern, wovon Sie sicherlich gehört haben. Was wollen die? Gibt es Ähnlichkeiten, Überschneidungen? Sie sind ein guter Redner, Herr Weiser. Sie sind eine gute Hilfe für uns." Dr. Morgen konnte Menschen ködern.

Nun war Hans kein Mensch, der sich lange mit Bücherlesen beschäftigte. Er sah entweder mit seinen eigenen Augen, was er sehen, oder hörte, was er hören wollte. Dieser Dr. Morgen interessierte ihn.

„Was machen Sie beruflich?", fragte er.

„Ich bin in der Werbebranche beschäftigt."

„Und wie kamen Sie in diese Partei?"

„Ich glaube, unser Volk hat sich zu lange selbst betrogen", erklärte ihm Dr. Morgen. „Der letzte Krieg ist schon mehr als 70 Jahre vorbei, und immer noch werden unsere Kinder erzogen, als wenn sie Schuld daran hätten. Dann haben wir die vielen Fremden. Wir haben den schlechten Einfluss von Ländern jenseits des Mittelmeeres. Andere Länder in Europa haben das gleiche Problem. Wir sollten uns zusammenschließen! Wir sollten eine große Armee aufbauen und uns schützen. Wenn sich alle Armeen dieser geschädigten Länder zusammenschlössen, wären wir stark genug. Die Firmen würden wieder hier produzieren. Wir brauchen keine Billiglohnländer, alle können bei uns in Lohn und Brot stehen. Und unsere Kultur wäre dann ebenso geschützt wie unsere Frauen und Kinder."

Hans sog diese Worte auf wie ein Schwamm. Wir sollten uns mit Gleichgesinnten aus anderen Ländern zusammenschließen, dachte er, das ist es! Und am nächsten

Tag hielt er eine neue Rede, eine Rede mit diesen neuen Argumenten – und er bekam viel Zustimmung. Dr. Morgen hatte gute Arbeit geleistet. Die Wahl in den Vorstand der Partei würde Hans sicher sein. Er wurde gefragt, er kandidierte und wurde der neue Vorsitzende des Landesverbandes der Neuen Partei. Dr. Morgen war einer der Ersten, die Hans gratulierten. Ihm war klar, dass er diesen Mann formen konnte. Er wird uns voranbringen, dachte er. Die etablierten Parteien mit ihren Lügenpolitikern haben abgewirtschaftet. Er hatte auch schon Ideen.

Dr. Morgen war kein Mensch, der die Öffentlichkeit suchte, lieber zog er die Fäden hinter den Kulissen. Sein Werkzeug war jetzt Hans Weiser. Er skizzierte seine Methoden für den nächsten Wahlkampf.

„Zuerst einmal weiter die Schwachstellen der Politiker der etablierten Parteien suchen", erklärte er. „Jede menschliche Schwäche, Korruption und Verbindung zum Establishment sollten ans Tageslicht kommen. Gerüchte müssen veröffentlicht werden, denn in jedem Gerücht steckt ein Stück Wahrheit. Etwas stimmt immer."

„Wir müssen einiges in den Neuen Ländern tun", fügte ein Mitglied hinzu, das schon lange einer nationalen Gruppierung angehörte. „Wir sind dort besonders erfolgreich, wo wir Feste arrangieren, alten Leuten beim Einkaufen helfen oder sie zum Arzt begleiten. Bei uns im Osten haben die Regierungen es geschafft, Schulen zu schließen, Ärzte und Ladenbesitzer zu verjagen! In manchen Dörfern gibt es gar nichts mehr. Das interessiert die anderen Parteien nicht. Wir versprechen den

Menschen, dass wir dies alles wieder zurückbringen. Deshalb wählen sie uns."

„Das ist eine sehr gute Idee. Wir werden das auch bei uns übernehmen." Hans bezog diesen Gedanken gerne mit ein.

Dr. Morgen vermittelte ihm in langen Gesprächen, wie er sich in Zukunft zu verhalten hatte. Hans war inzwischen als Vorsitzender gewählt worden und dafür zuständig, dass das Programm von allen Mitgliedern umgesetzt wurde. Er musste lernen, seine Stellvertreter anzuweisen, welche Arbeit sie für ihn zu tun hatten. Er musste Kontakte zu anderen Gruppen in Wirtschaft und Gesellschaft knüpfen, ebenso Kontakte zu politischen Gruppierungen in den Nachbarländern. Er, Dr. Morgen, würde an seiner Seite bleiben, wenn Hans das wünschte. Und ob er das tat! Und Dr. Morgen formte sich mit ihm nicht nur einen Politiker nach seinen Vorstellungen, er sorgte auch dafür, dass sein Schüler die richtigen Leute um sich hatte.

Nicht alle Vertreter der Neuen Partei waren mit der Verstärkung der rechtspopulistischen Ausrichtung einverstanden. Eine Gruppe um das Vorstandsmitglied Heiko Struwe versuchte, mit den etablierten Parteien, vor allem mit den Christlichen, in Kontakt zu bleiben und eine gemeinsame Diskussionsgrundlage zu finden. Doch in einer internen Sitzung mit Hans Weiser, Claudia Penn und Heiko Struwe machte Dr. Morgen seine Richtung unmissverständlich klar. Struwe wurde anschließend aus dem Vorstand geworfen. Einige eher moderat eingestellte Mitglieder forderten daraufhin einen kleinen Parteitag und wollten in einer offenen Diskussion

115

ihre liberalere Haltung verteidigen. Das wiederum wollte Dr. Morgen nicht dulden. Mit geschickter und erpresserischer Lobbyarbeit setzte er seine Einstellung durch. Im Hintergrund sorgte er dafür, dass der Hälfte der rebellischen Anhänger sofort das Parteibuch entzogen und der anderen Hälfte der Entzug von Mandaten als Strafe angedroht wurde. Hans Weiser, in vorderster Linie, hielt die von Dr. Morgen verfasste Rede zur Einhaltung der Parteigrundsätze. Jetzt war nicht mehr nur die Mehrheit für ihn, sondern alle waren für ihn. Claudia Penn hatte sich auf Anraten von Dr. Morgen im Hintergrund gehalten.

Hans verinnerlichte die Ansichten seines Mentors mehr und mehr. Er akzeptierte keine Konkurrenz, keine anderen Meinungen, keine Fremden im Land. Wenn er sagte, man solle die Fremden mit Gewalt aus dem Land treiben, so meinte er das so. Dr. Morgen war zufrieden mit seiner Arbeit.

„Herr Weiser, dieses Land braucht eine starke Persönlichkeit, wie Sie es sind. Sollten Sie in den kommenden Jahren die Wahlen gewinnen, werden Sie das Land in eine bessere Zukunft führen. Sie sollen Ihre Meinung durchsetzen. Sie brauchen niemand anderen", bestärkte Dr. Morgen seinen Schüler. Niemanden außer mir, dachte er.

Der Journalist

Nach seinem Studium arbeitete Emre als fester freier Mitarbeiter bei der regionalen Zeitung. Die Analyse der politischen Situation in der Stadt, den Gemeinden, aber auch im Lande waren seine Aufgabengebiete. Er schrieb kleinere

Artikel und Teile von größeren Berichten. Er kam so in der Stadt und im Land herum. Nun hatte er die Möglichkeit, die politischen Gremien und Parteien genauer unter die Lupe zu nehmen. Seine Artikel sollten neutral sein, gerieten ihm aber oft eher linksliberal. Er dachte global. Er bekam eine eigene Kommentarkolumne. Der Anteil der Lesermails im Forum zu seiner Kolumne war groß, und er erhielt mehr Zustimmung als Ablehnung, die leider oft in Form von Hassmails und hässlichen Kommentaren in den sozialen Medien geäußert wurde.

Emre kam viel herum, ging zu Pressekonferenzen und interviewte Politiker. Er lernte die Verschiedenheiten des Landes, der Regionen und der Städte immer besser kennen. Es ist wie in meinem Heimatland, dachte er, an jeder Ecke ist es anders.

Die Fotografin Anna begleitete ihn oft auf diesen Reisen. Anna, schlank, mit langen blonden Haaren, gefiel Emre. Er war als Mann ebenso ansprechend und hatte gepflegten Manieren.

Nach einer Besprechung gingen beide, wie schon oft vorher, essen und dann in eine Bar. Emre liebte seine Katia, war aber Anna auch nicht abgeneigt. Anna versuchte an diesem Abend, ihm Cha-Cha-Cha beizubringen. Die beiden kamen einander näher, aus einem intensiven Kuss vor dem Hotelzimmer wurde eine gemeinsame Nacht. Sein sensibler Stil beim Sex gefiel Anna sehr, sie gab sich ihm hin, sie wollte es und genoss es wie er. Sie hätte sich vielleicht ein bisschen mehr orientalischen Macho im Bett gewünscht. Er kam mehrmals, die Nacht war sehr kurz.

Am nächsten Morgen hatten sie einen gemeinsamen Termin. Emre wollte von nun an zurückhaltender sein, denn er liebte Katia und hatte ihr viel zu verdanken. Anna hingegen hätte gerne mehr von ihm gehabt. Sie trafen sich mehrmals in ihrer Stadt, teilten ihr Hotelzimmer auf Reisen und es war für beide eine schöne Zeit, aber ihnen war klar, dass sie sich entscheiden mussten. Sie entschieden sich für die Trennung, blieben aber gute Freunde und Kollegen. Emre liebte seine Familie und wollte nicht zur Zielscheibe des politischen Gegners werden.

Die Kombination von angehendem Politiker und Journalisten war für ihn sehr lehrreich. Er wusste bald, wie man mit den Menschen umging, lernte die Vertreter der einzelnen politischen Organisationen und ihre Ansichten kennen und wurde mit den politischen Gremien und der aktiven Politik in der Partei der Bunten vertraut. Er lernte so zu formulieren und zu reden, dass er die übliche Politikersprache vermied. Er konnte Überzeugungsarbeit leisten. Seine Arbeit bei der Zeitung war überzeugend, und er erhielt eine Festanstellung als Redakteur. Doch die Arbeit bei den Bunten war für Emre genauso wichtig. Die Mitglieder dieser Partei waren das Diskutieren gewöhnt. Unterschiedliche Meinungen und Ansichten gehörten von jeher zu ihrem Selbstverständnis, die Auseinandersetzungen wurden in der Öffentlichkeit ausgetragen. Die Anhänger schätzten das, deren Zahl wurde aber nicht größer. War ein charismatischer Kandidat an der Spitze, was selten der Fall war, so entschieden sich mehr Wähler für die Bunten. Im anderen Fall fiel sie wieder zurück auf ihre mäßigen Prozentzahlen. Manchmal unüberlegte

Meinungen über politisch unwichtige Dinge verstörten Wechselwähler und zogen schlechte Wahlergebnisse nach sich. Emre war sich dessen bewusst und versuchte die Vertreter in seiner Umgebung über diesen Missstand aufzuklären. Er hatte viel zu tun. Seine Familie sah ihn nicht mehr allzu oft.

Ayse

„Mama, meine Freundin Ayse kommt heute Nachmittag zu mir." Alina warf ihre Schulsachen auf den Boden.

„Was wollt ihr machen?" Beate holte die Teller aus dem Schrank.

„Nichts Besonderes. Ich finde sie nett."

„Ist die bei dir in der Klasse?"

„Ja, seit zwei Jahren."

„Wieso erst seit zwei Jahren? Ist sie umgezogen?"

„Sie ist mit ihren Eltern aus Marokko gekommen. Sie ist dort aufgewachsen."

„Und sie ist bei dir in der Klasse? Spricht sie denn schon so gut Deutsch?"

„Klar, sonst wäre sie nicht bei uns. Sie ist eine der Besten!"

Beate war etwas erstaunt, sagte aber nichts mehr. Sie wusste, dass die Klasse, in die Alina ging, einen Anteil von fast 30 Prozent Migrantenkinder hatte. Sie und ihr Mann hatten das nie gut gefunden. Sie konnten sich nicht vorstellen, dass die Schule das Niveau eines Gymnasiums halten konnte. Sie hatten ernsthaft darüber nachgedacht, die Kinder in eine andere Schule zu schicken, im Notfall auch in eine Privatschule. Aber diese Ausgaben konnten sie sich nicht leisten, zumindest nicht für beide Kinder. Das Thema geriet dann bei den vielen täglichen Angelegenheiten in den Hintergrund, und die Kinder brachten auch keine unangenehmen Neuigkeiten von der Schule mit. Beate erinnerte sich jetzt wieder an die ganze Geschichte. Auf dem letzten Elternabend hatte der Direktor auf kritische Anfragen hin versichert, dass der Anteil der Migrantenkinder nicht steigen würde. Also gut, dachte sie und stellte keine weiteren Fragen.

Mit einem freundlichen „Guten Tag!" betrat ein Mädchen mit Kopftuch die Wohnung. Ayse entsprach genau dem Bild eines muslimischen Mädchens, das die Mutter hatte. Beate lächelte freundlich und wünschte den Kindern viel Spaß beim Spielen. Die Mädchen zogen sich in Alinas Zimmer zurück.
„Ihr habt nicht so oft von Migranten Besuch?", fragte Ayse.
„Eigentlich nicht. Meine Eltern haben privat überhaupt keinen Kontakt zu Leuten aus anderen Ländern." Alina verschwieg, dass die Eltern Anhänger der Neuen Partei waren. Ayse war ihre Freundin. Und sie hatte nichts gegen Moslems und Menschen aus anderen Ländern.

Die Mädchen unterhielten sich über Schule, Freunde, Pop-Gruppen und was für Elfjährige sonst so wichtig war. Die Zeit ging dahin, Thorsten kam nach Hause, und es wurde zum Abendessen gerufen.
„Musst du nicht nach Hause?", fragte die Mutter Ayse.
„Ich muss auf jeden Fall um acht Uhr zu Hause sein."
„Wo wohnst du denn?"
„Vier Straßenbahnstationen von hier. Ich rufe immer meinen Bruder an, der holt mich dort ab."

„Du musst also dann noch ein Stück laufen?"

„Ja, noch so zehn Minuten."

„Ihr Bruder passt auf sie auf", fügte Alina hinzu. „Er ist einige Jahre älter als sie."

„Ah, wir haben einen Gast." Thorsten kam aus dem Wohnzimmer. „Möchtest du mit uns essen?"

„Klar", meinte Alina. „Dann kannst du noch etwas bleiben."

„Wurst wirst du wohl nicht essen. Das ist alles Schweinefleisch", meinte Beate etwas spöttisch.

„Ich komme ganz gut ohne Wurst aus", erwiderte Ayse. Sie kannte solche Bemerkungen und ließ sie an sich abperlen.

„Was arbeiten deine Eltern?", wollte Thorsten wissen.

„Vater ist Lackierer in einer Autowerkstatt. Er hat diese Stelle ganz schnell gefunden, als wir hierherkamen. Zu Hause, in Marokko, hat er dasselbe gemacht."

„Da hat er aber Glück gehabt." Beate goss sich Mineralwasser nach. „Und deine Mutter?"

„Mama kümmert sich um meine kleine Schwester. Die ist erst drei Jahre alt."

„Sprechen deine Eltern auch schon Deutsch?" Thorsten legte sich Salamischeiben aufs Brot. Er hatte seine Frage bewusst etwas spitzfindig gestellt.

„Ja, einigermaßen. Beide sind noch in einer Sprachschule."

„Und ihr wollt für immer hierbleiben?" Beate schaute ihren Mann an.

„Ja, uns gefällt es hier sehr gut. Und der Chef der Werkstatt hat schon mehrmals zu Vater gesagt, dass er froh ist, so einen guten Mitarbeiter zu haben. Er hatte jahrelang einen Lackierer gesucht."

Thorsten und Beate unterdrückten weitere Fragen und Kommentare, auch wenn sie gerne noch mehr gesagt hätten. Ihrer Meinung nach brauchte man solche Leute hier nicht. Sie waren froh, als Ayse bald nach Hause ging.

Starke Führer braucht das Land

Die jetzige Regierung hatte sich als schwach erwiesen. Sowohl die Kanzlerin, als auch der größte Teil der Minister, waren schon seit mehr als fünfzehn Jahren an der Macht. Das Land hatte während der letzten Jahrzehnte eine technologische und soziale Modernisierung durchlaufen: technisch auf dem neuesten Stand in der Forschung und Produktion, und sozial, was die Gleichstellung von Mann und Frau in der Familie und bei der Entlohnung betraf. Im Vergleich zu anderen westlichen Ländern kam diese Modernisierung spät. Die Parteien, die seit vier Wahlperioden an der Macht waren, liefen der Zeit hinterher, sie waren, ebenso wie das ganze Land, auf die immer häufigeren internationalen Konflikte nicht vorbereitet. Weltweit waren Millionen von Flüchtlingen unterwegs, und viele sahen ihre neue Heimat in diesem blühenden Land.

Die Regierenden hatten es versäumt, die Menschen auf diese Veränderungen vorzubereiten. Nicht wenige hatten schon jetzt ihre Probleme, die neue Zeit zu verstehen und mit ihr zu leben. Jetzt strömten die Fremden ins Land. Das war für viele Einheimische zu viel. Proteste endeten in Gewalt, Zorn führte zu Anschlägen. Fremde wurden auf der Straße angegriffen. Polizei und Justiz kamen bei der Verfolgung dieser Straftaten nicht mehr nach. Die Politiker versuchten zu beschwichtigen, hatten aber keine befriedigenden Antworten für die fragenden und zweifelnden Bürger. Die Protestler hatten sich in der Neuen Partei formiert und waren nicht nur gegen die Fremden. Sie riefen nach einer starken Führung. Mit einer demokratischen Ordnung konnten sie nichts anfangen. Sie waren es nicht gewöhnt, sich in diesen Prozess einzubringen. Diese Menschen wollten geführt werden. Mit Dr. Morgen im Hintergrund nutzten einige Wortführer die Gunst der Stunde und leiteten von nun an den Protest.

Einige ihrer Sprecher wollten mehr. Sie wollten die Macht. Sie dachten an einen starken Nationalstaat. Ihre Ideen kamen aus einer längst vergangenen Zeit. Dass die finster war und viel Verderben gebracht hatte, hatten sie vergessen oder wollten es nicht sehen. Und die Anhänger unterstützten diese nationalpopulistischen Parteiführer. Diese sahen in der Unterstützung ihre Legitimation; dass rechtsradikale Gruppen zu ihnen stießen, störte sie nicht.

Radikales Gedankengut gab es seit Jahrhunderten und vielen Generationen. Rechte wie linke Intellektuelle schürten diese Ideen immer wieder und hatten dabei das Ziel vor Augen, eine bessere Welt zu schaffen. Diese Welt hatte aber meistens nicht das Wohl des Einzelnen zum Ziel, sondern das für eine herrschende Klasse oder einen bestimmten Tyrannen.

Extreme Systeme etablierten sich in den letzten Jahrhunderten als Totalitarismus. Der Einzelne zählte nichts mehr, ob er nun Anhänger oder Opfer war. Jeder ging in der Masse auf und ergab sich seinem Schicksal. Die Intellektuellen, die diese Ideen vertraten, taten dies mit

Überzeugung. Sie sahen ihren Vorteil wohl in möglichen Führungspositionen in einem solchen System.

Dr. Morgen hatte dieses Gedankengut verinnerlicht. Aufgewachsen im bürgerlichen Milieu einer Kleinstadt, faszinierten ihn schon in jungen Jahren die Ansichten totalitärer Systeme und die Herrschaft einer bestimmten Rasse, seiner Rasse. Wenn die Welt überleben wollte, bedurfte es einer Auswahl genetisch besonderer Menschen. Die anderen brauchte man zur Ausübung der praktischen Tätigkeiten. Er war schlau genug, nicht mit diesen Gedanken in die Öffentlichkeit zu treten, sondern seine Netze im Hintergrund zu spinnen.

Dr. Friedhelm Morgen hatte Psychologie studiert. Er lernte die Werkzeuge zur Führung und Verführung von Menschen kennen. Später arbeitete er länger in einer großen Werbeagentur, wo er seine Fähigkeiten zum Wohle der Firma einsetzen konnte. Sein zurückhaltendes Auftreten und sein gepflegtes Äußeres wurden geschätzt. Jetzt, mit 55 Jahren, lebte er zurückgezogen in einer Villa vor der Stadt. Eine Familie hatte er nie gründen wollen; seine elegante und freundliche Art lenkte jedoch manche Frau in sein Haus. Auf Dauer wollten sie sich aber nicht von ihm lenken lassen und verließen ihn wieder. Er war darüber keineswegs traurig, er liebte diese Abwechslung. Seinem Ziel, aus den Ideen politische Realität werden zu lassen, war er mit der Gründung der Neuen Partei ein großes Stück nähergekommen. Er suchte und fand Mitläufer, die die Partei aufbauten und nach außen hin führten.

In den etablierten Parteien fehlte es an Führungspersönlichkeiten. Keiner war im Moment in der Lage, visionäre Gedanken zu formulieren und eine klare Richtung vorzugeben. Die Mitglieder der Bunten stritten gerne, was auch eine ihrer Stärken war, hatten aber bisher niemanden, der eine klare Richtung vorgeben konnte. Emre Saymed war zwar dabei, eine Richtung zu erarbeiten, in der Führungsrolle sah er sich jedoch noch nicht. Sein vorrangiges Ziel war es, den politischen und gesellschaftlichen Einfluss der Neuen Partei zu mindern. Und daran arbeitete er verbissen. Dabei hatte er inzwischen nicht nur die Anhänger seiner, sondern auch die anderer Parteien hinter sich. Emre war kein Visionär, er war mit seinen Argumenten aber eine Stütze für das demokratische System. Seine Internationalität war ein lebendiges Gegenargument gegen Rassismus.

Mit Hans und Emre prallten zwei unterschiedliche Persönlichkeiten und kontroverses politisches Gedankengut aufeinander.

Die Kunstmesse

Die jährliche Kunstmesse hatte gerade ihre Tore geöffnet, als ein paar Hundert Vermummte die Halle stürmten. Alles, dessen sie habhaft werden konnten, zerstörten sie. Etwa fünfzehn Minuten lang zerschnitten sie Bilder und zerschlugen Skulpturen, bis die Polizei einschritt. Stellten sich ihnen Aussteller entgegen, so wurden sie von anderen Vermummten festgehalten. Die Saalordner waren noch nicht postiert, waren sich ihres Amtes noch nicht richtig bewusst, versuchten zwar den einen oder anderen außer Gefecht zu setzen, blieben aber ohne Erfolg. Die Polizei konnte ein paar der Aktivisten festnehmen. Da sie niemanden ernsthaft verletzt hatten, wurden sie bald wieder freigelassen. Sie hatten ihre Aktion sehr gut organisiert.

Der Schaden dieser Aktion wurde mit 110,3 Millionen Euro beziffert, der ideelle Verlust war ohne Grenzen. Drei Werke berühmter Maler, 22 Bilder moderner Künstler sowie elf Skulpturen und Installationen waren zerstört worden. Flugblätter mit Parolen wie „Wir wollen nationale Kunst und keinen Dreck!" wurden mehrfach im Saal gefunden. Die extremen Gruppen in der Neuen Partei spendeten laut Beifall. Die Führer, ganz vorne Hans, verurteilten diese Tat, um ihr Urteil jedoch kurz danach in ihren eigenen Medien zu relativieren.

Die rechte Presse verteidigte die Aktion: „Das hat doch nichts mehr mit Kunst zu tun. Das ist Verdummung pur. Nur Striche, kaputte Menschen, Tiere und Häuser. Oft nichts mehr zu erkennen. Ist ein weißes Feld Kunst?" Die Brandstifter saßen auch im Vorstand der Neuen Partei.

Die Öffentlichkeit war geschockt. Zeitungen, Fernsehen und Rundfunk waren voller Meldungen und sprachen von Vorfällen, die an die NS-Zeit erinnerten. Politiker und Künstler im In- und Ausland konnten kaum fassen, was hier passiert war. Keiner konnte glauben, dass jene Zeiten noch einmal zurückkommen sollten. Selbst für die Nationalgesinnten aus anderen Ländern war das zu viel. „Rennt dieses Land wieder in eine faschistische Zeit?", fragte die internationale Presse. „Warum ist dieses Land wieder faschistoid?" Noch am selben

Abend traten in der Stadt Theatergruppen auf, das Philharmonische Orchester spielte auf dem Rathausplatz, und zwei Rockbands machten Musik bis in die Nacht hinein. Der Tenor war einheitlich: Solche Nazimethoden dürften sich nicht wiederholen. „Wir zeigen der Welt, dass dies nicht die politische Haltung der Mehrheit dieses Landes ist!" In Paris, London, New York, überall solidarisierten sich die Menschen gegen diese Partei, gegen dieses Verbrechen.

Eine direkte Verbindung der Aktion mit der oberen Etage der Neuen Partei konnte nur vermutet, aber nie bewiesen werden. Unter dem Strich konnten Hans Weiser und Dr. Morgen Profit aus dieser Tat ziehen. Sie hatten es geschafft. Sie waren wieder in aller Munde. Sie waren sich der Unterstützung eines Großteils ihrer Anhänger sicher.

Die Party

Es gab für Thorsten Schmitt mehrere Gründe zum Feiern: Er hatte vor Kurzem einen runden Geburtstag gehabt, und seine Abteilung hatte einen sehr guten Abschluss gemacht und sich damit größere Bonuszahlungen verdient. Für die Chefs waren es Hunderttausende, für Thorsten sprangen auch noch zweitausend Euro raus. Beate war von der Idee einer Party ebenso begeistert, da sie so einige Kollegen von Thorsten kennenlernen konnte. Thorsten wollte niemanden ausschließen, und es kam eine bunte Mischung in dem gemieteten Blockhaus zusammen. Thorsten und Beate hatten das Haus und die Terrasse den ganzen Morgen mit Luftballons und Blumen geschmückt, die Getränke hatten sie selbst hingebracht, für das Essen hatten sie einen Cateringservice organisiert. Die alte Stereoanlage durfte für musikalische Untermalung sorgen. Anfängliche Sorge wegen des Wetters stellte sich als unbegründet heraus, der Abend versprach schön und mild zu werden. Beate hatte sich zur Feier des Tages ein neues Kleid gekauft. Thorstens Meinung nach war sie für diesen Anlass overdressed, was für Beate nicht nach einem Kompliment klang. Die Getränke waren gekühlt, der Caterer kam pünktlich, und die ersten Gäste trafen ein. Thorsten und Beate waren aufgeregt.

Beate war überrascht, woher all die Menschen kamen. Neben indischen, englischen und amerikanischen Kollegen wurden ihr drei Frauen und Männer mit ihren Partnern aus Tunesien, dem Iran und der Türkei vorgestellt, die seit Jahren hier lebten. Deren Kinder gingen in dieselben Schulen wie Alina und Tobias und zum Teil schon auf die Universität. Oft wurde an diesem Abend Englisch gesprochen, was für Beate nicht einfach zu verstehen war.

„Mary hat gerade erzählt, wie sehr sich das Einkaufen in den USA von dem hier unterscheidet", übersetzte ihr Nisa, die aus dem Iran kam. „Sie hat sich über die mangelnde Hilfsbereitschaft in unseren Läden beschwert", fügte sie hinzu.

„Ja, da hat sie leider recht", pflichtete Thorsten bei. „Die Verkäufer in den USA sind viel freundlicher als bei uns. – Und wie ist das bei euch im Iran?", wollte er wissen.

Die Partygäste sprachen über viele verschiedene Themen. Beate war neugierig, wie die Familien aus dem Iran, Tunesien und der Türkei hier lebten. Gerne erzählten sie von ihren

Anfangsschwierigkeiten und wie sie sich in ihrem Beruf durchgesetzt hatten. Khaled war Thorstens direkter Vorgesetzter. Er hatte in Tunesien seinen Beruf gelernt, war in Thorstens Firma gewechselt und hatte sich für ein Jahr nach Deutschland versetzen lassen. Als die Unruhen in Tunesien begannen, hatte Khaled für seine Familie und sich einen Antrag auf Aufenthaltsgenehmigung gestellt. Bei der Firma konnte er bleiben. Jetzt versuchte er, die deutsche Staatsbürgerschaft zu erhalten.

Als die Gäste sich mit Essen versorgt hatten und sich angeregt unterhielten, nahm Beate Thorsten kurz beiseite und fragte ihn:

„Sag mal, braucht ihr wirklich die vielen Ausländer bei euch? Ich meine, die Tunesier und andere, die hierbleiben wollen?"

„Die machen einen tollen Job. Ich könnte mir keinen besseren Chef vorstellen", meinte Thorsten. „Aber du hast recht. Mehr brauchen wir wirklich nicht."

„Und dann ziehen sie sich alle paar Stunden mit ihrem Teppich zurück zum Beten, und ihr müsst in der Zeit arbeiten?"

„Nein, so ist das nicht. Sie machen keine Gebetspausen. Und am Freitag arbeiten sie so wie wir."

„Aber alle sind Moslems", murrte Beate. „Falls die Bunten an die Macht kommen, können wir hier unsere Sachen packen und auswandern. Dann haben die das Sagen."

„Ich glaube nicht, dass wir diese Kollegen mit den Asylanten gleichsetzen sollten", sagte Thorsten. „Sie sind sehr gut ausgebildet, haben teilweise studiert, und ich komme mit ihnen gut aus. Aber mehr sollten es nicht werden, das stimmt. – Komm, wir müssen uns um unsere Gäste kümmern."

Joe aus England gesellte sich zu ihnen. Auf Englisch äußerte er seine Meinung über die vielen Flüchtlinge in Deutschland.

„Eure Regierung hat einen großen Fehler gemacht. Jetzt habt ihr über eine Million von ihnen, und es werden mehr. Und ihr wart nicht darauf vorbereitet. Jede Menge Terroristen verstecken sich darunter. Wir in England haben auch viele Immigranten. Die kamen aber über viele Jahre verteilt. Wir dachten, sie wären besser integriert und wir hätten sie besser unter Kontrolle. Doch jetzt passieren die ganzen Anschläge. Wir brauchen wirklich nicht noch mehr von denen."

„Die meisten Anschläge wurden aber doch von der nächsten Generation durchgeführt, oder?", entgegnete Beate.

„Solche Zerstörungen durch Rechtsradikale wie auf der Kunstmesse habe ich noch nie gesehen", meinte Mary, die sich der Gruppe zugesellt hatte, „zumindest nicht in unserer Zeit. Was sind das für Menschen, die so etwas machen?" Sie war fassungslos.

„Ja, ich schäme mich für mein Land." Clemens zeigte seine Wut auf diese Leute. „Ich verstehe nicht, wie es so weit kommen konnte. Hier zeigt sich, welche Bildung und Einstellung die Anhänger der Neuen Partei haben!"

Der Meinungsaustausch zu diesem Anschlag ging noch länger weiter. Thorsten verurteilte die Aktion, er traute sich in dieser Runde nicht, seinen politischen Standpunkt zu äußern. Beate hielt sich ebenfalls aus der Diskussion heraus und beschäftigte sich lieber mit der Auffrischung des Buffets.

Kerry mischte sich in das Gespräch ein, er kam aus den USA. „Unser Präsident will überhaupt keine Immigranten. Wir werden in Zukunft unsere Tomaten wieder selber ernten, denn die Mexikaner werden zurückgeschickt, hinter die neue Mauer. Und jeder, der islamischen Glaubens ist, wird ebenfalls das Land verlassen müssen. Dann gibt es weniger Ärzte und Pfleger, und die Amerikaner werden sich wieder selber heilen müssen. Oder wir sind plötzlich alle gesund", bemerkte er sarkastisch.

Über diese Bemerkung mussten alle lachen.

„Die Terroristen sind ein Problem. Aber ihr werdet das mit den Emigranten schon hinbekommen", fügte Kerry hinzu.

Es war eine schöne Party an diesem lauen Abend. Thorsten und Beate waren sehr müde, als die letzten Gäste weit nach Mitternacht gegangen waren. Ihnen blieb aber nichts anderes übrig, als das Blockhaus noch aufzuräumen. Zufrieden und glücklich fielen sie gegen Morgen ins Bett.

Die neuen Parteien der Nachbarn

In manchen Nachbarländern war eine noch extremere politische Situation entstanden. In einem Land, in dem viele Moslems lebten, bildete sich eine islamische Partei. Ihre Ziele waren gemäßigt, aber dennoch tief religiös. Die Anhängerschaft bestand nicht nur aus Moslems, sondern auch aus vielen Bürgerlichen. Denn am äußersten rechten Rand des politischen Spektrums hatte sich eine starke Partei gebildet. Darunter waren rechtsextreme Gruppen, die nicht nur den Islam in diesem Land verbieten wollten, sondern sich auch nationalistisch aufführten und die Grenzen dicht haben wollten. Die traditionellen Parteien hatten bei der demnächst anstehenden Wahl kaum eine Chance. Viele Menschen würden aus Angst vor einem möglichen Bürgerkrieg lieber die gemäßigte islamische Partei wählen, vermutete man. Soziale und religiöse Konsequenzen würden in Kauf genommen werden.

In vielen europäischen Ländern machte sich nationalautoritäres Gedankengut breit. Da viele Menschen Angst vor mehr Flüchtlingen aus afrikanischen und arabischen Ländern hatten und ebenso vor einem islamischen Staat in der Nachbarschaft, konnten die rechten Parteien immer häufiger Erfolge verbuchen. An vielen Orten löste sich das bürgerliche Spektrum aus der politischen Mitte und tendierte nach rechts. Oftmals waren Nationalpopulisten an der Spitze, die die Fakten der innen- oder außenpolitischen Situation nicht anerkannten und nicht verstehen wollten. Geschickt nutzten sie ihre Behauptungen, um vor allem die einfachen Menschen zu überzeugen. Das postfaktische Zeitalter hatte in diesen Ländern Einzug gehalten: Nicht Fakten spielten eine Rolle, sondern Emotionen.

Auch hier gingen Gegner zu Tausenden auf die Straße, versuchten, mit Tatsachen zu überzeugen, hatten aber immer weniger Erfolg. Die Masse der Menschen suchte starke Persönlichkeiten, die ihre Ängste verstanden, so glaubten die Leute zumindest, und die versprachen, ihnen zu helfen. In Ländern, in denen diese populistischen Parteien schon an der Macht waren, zeigten die Anhänger viel Verständnis, wenn die

Unabhängigkeit der Justiz aufgehoben wurde und die Meinungsfreiheit eingeschränkt wurde, wenn konkurrierende politische Organisationen nicht mehr im Parlament vertreten sein durften. Gerne wurden diese Maßnahmen mit einem nationalen Notstand begründet.

Eine Union von Ländern mit einem gemeinsamen europäischen Parlament, vor Jahrzehnten gegründet, wurde von den Nationalpopulisten und ihren Anhängern bekämpft. Sie sahen eine Bevormundung ihrer Regierungen in dieser übergeordneten Instanz. Ihrer Meinung nach hatte dieser lockere Staatenbund seine Daseinsberechtigung schon seit Jahren verloren. Die Eigenheit der Geschichte wollte es nun, dass sich Führer aller nationalpopulistischen Parteien trafen, um über ein neues europäisches Staatenbündnis zu sprechen. Das konnte man nur verrückt nennen.

Auf kritische Fragen dazu folgten Antworten wie: Wir werden eine starke Macht werden; wir benötigen eine starke Macht gegen das Vordringen des Islam; wir werden das besser machen; die Menschen werden glücklich werden. Details und Informationen über geplante Vorgehen waren nicht zu erhalten. Wer diesen Staatenbund führen sollte, war auch nicht klar. Ob denn eine Persönlichkeit aus einem der beteiligten Länder von den anderen als Führer anerkannt werden würde, konnte auch nicht in Erfahrung gebracht werden. Trotzdem fand diese Idee rauschenden Beifall bei den Anhängern aller nationalautoritären Parteien.

Der Erklärungsversuch

Emre und Katia wurden an diesem Abend zu einem Vortrag in der Universität eingeladen. Prof. Paulmann sprach über die derzeitige politische Situation und wollte die sozialen Hintergründe beschreiben.

„Die westliche Welt hat in den letzten Jahrzehnten einen drastischen Wandel durchgemacht, der nicht von allen Bevölkerungsschichten getragen wurde", begann Prof. Paulmann seine Rede und zitierte damit Prof. Andreas Reckwitz.[1] Er sprach weiter darüber, dass sich gerade in der westlichen Welt viele Menschen kulturell geöffnet hätten. Das habe zu einer Pluralisierung von Lebensstilen geführt, zu einer Auflösung der starren Geschlechternormen, Konsummuster und individuellen Identitäten. Diese Veränderung werde vor allem von der Mittelklasse getragen und habe sich in den globalen Metropolen konzentriert.

„Parallel dazu", erklärte Prof. Paulmann weiter, „sei eine Gruppe entstanden, die sich diesen Tendenzen verschließe, was zu einer neuen rigiden Moralisierung geführt habe. Dies könnten Menschen sein, die alles Neue ablehnten, Tendenzen zum religiösen Fundamentalismus oder zum Neo-Nationalismus zeigten. Solche Tendenzen würden nicht nur in der post-industriellen Unterklasse der Industriegesellschaften, sondern auch bei Menschen aus der Mittelschicht gefunden. Sie

---

[1] Die Rede von Prof. Paulmann lehnt sich an einen Vortrag an, den Prof. Andreas Reckwitz am 27.09.2016 auf dem Kongress der Deutschen Gesellschaft für Soziologie in Bamberg gehalten hat.

hätten Angst davor, in die Armut abzurutschen oder auf dem Weg in die postmoderne Industriegesellschaft vergessen zu werden.

Vor allem nationalkonservative Gruppen versuchten Geschichte und Kultur rückwärtsgewandt darzustellen und damit für sich zu instrumentalisieren", führte Prof. Paulmann weiter aus.

Er erklärte, dass sie religiöse, kulturelle, wirtschaftliche und soziale Normen für sich beanspruchten und sich somit von anderen Gruppen und Ländern abgrenzten.

„Diese Menschen wollen die Vergangenheit zurückholen, in der sie sich sicher und wohl fühlten. Alles Schlechte, wie sie sagen, kam von draußen, und damit meinen sie jeden Kulturkreis außerhalb des ihren. Diese Tendenz lässt sich vor allem in den Landesteilen finden, in denen eine starre politische und soziale Ordnung gegeben war. Kritische Betrachtungen waren dort nicht gewollt, und sie kamen auch nicht aus diesen Bevölkerungsgruppen. Sie fühlten sich sicher und zählten auf die Regierenden. Niemand verlangte ihnen Entscheidungen ab. Diese Menschen konnten in der neuen politischen Ordnung nicht aufgehen. Sie mussten jetzt um ihren Arbeitsplatz oder um ihre Wohnung kämpfen. Die sich rasant entwickelnden Technologien, deren Bedeutung sie nicht verstanden, führten zu Verdrängungsängsten am Arbeitsplatz, genauso wie die sich entwickelnde neue weltweite Wirtschaftsordnung. Intellektuelle diskutierten über diese Themen in den Medien über ihre Köpfe hinweg, und auch diese Diskussionen blieben für sie unverständlich. In manchen Äußerungen von Managern und Politikern sahen sie eine Doppelmoral. Sie fanden und finden, dass diese Dinge in der Presse sehr einseitig dargestellt werden, und so kam die Bezeichnung Lügenpresse auf."

Es seien nicht nur die unteren Schichten betroffen, bei denen Angst die treibende Kraft sei. Populisten nutzen diese Angst für sich aus. Sie setzten auf die Gefühle und nicht auf Fakten, auf Wahrheit. Mit „alternativen Fakten" schufen sie sich ihre eigene Wahrheit, waren sozusagen Wahrheitsmacher. Die müsste nur oft genug wiederholt werden. Die Ablehnung der Asylsuchenden passe in dieses Schema. Diese Menschen seien aber auch der Tropfen, der das Fass zum Überlaufen gebracht habe.

Dabei seien die Asylsuchenden oder allgemein die Fremden nur ein zweitrangiges Problem. Aber an ihnen könnten sie ihre Wut in kleineren Gruppen auslassen. In größeren Gruppen dann wagten sie sich mit ihren eigentlichen Problemen an die Öffentlichkeit.

„Und was macht das System der Demokratie in dieser Situation? Eine Demokratie ist nur so stark wie die Menschen, die hinter ihr stehen. Je weniger das sind, desto anfälliger wird sie gegen Angriffe von innen", beendete Prof. Paulmann seinen Vortrag.

Beeindruckt gingen Emre und Katia nach Hause. Sie verstanden nun besser, was in den Köpfen der Anhänger der Neuen Partei vor sich ging. Dem durfte man nicht nachgeben. Aber wie konnte man diesen Menschen helfen?

Schmitts Wochenende

Thorsten und Beate bereiteten sich auf ein Wochenende ohne die Kinder vor. Die elfjährige Alina und der dreizehnjährige Tobias waren bei den Großeltern untergebracht, wo sie sich in der Regel gerne aufhielten. Sie hatten dort ihre Freiheiten, durften essen, was ihnen schmeckte, und mussten nicht ständig ruhig sein, weil jemand zu Hause arbeitete. Die Eltern fuhren in die Berge. Sie hatten eine kleine Ferienwohnung gemietet und wollten wandern. Größere Ausgaben konnten sie sich leisten, seit Beate einen Job als Sekretärin angenommen hatte. Der neue Job schien auch ihrer Laune gutzutun, stellte Thorsten fest. Er musste sich jetzt mehr um den Haushalt und die Kinder kümmern. Sein Verdienst in der Firma war gut, aber der Job nicht sicher. Schon viermal hatte er die Firma wechseln müssen, weil der Konzern jedes Mal seinen Standort verlegt hatte. In der Regel gingen ganze Einheiten in Billiglohnländer. Der Ärger und die Enttäuschung bei den Mitarbeitern waren jedes Mal groß. Oft war ein Umzug der Familie in eine neue Stadt damit verbunden. Auch ihre Kinder hatten schon zweimal die Schule wechseln müssen.

„Der amerikanische Präsident verbietet solche Firmen-Abwanderungen", meinte Beate.

„Das finde ich gut. Das ganze eingesparte Geld geht nur in die Taschen der Bosse und der Aktionäre. Hier bei uns im Westen werden die Erfindungen gemacht, und im Billig-Osten wird dann produziert. Unsere Arbeiter haben das nicht verdient. Ich finde es gut, dass sich die Neue Partei auch das auf ihre Fahnen geschrieben hat." Thorsten setzte den Blinker und fuhr von der Autobahn ab. Von hier führte eine Straße in die Berge.

„Du wählst auf jeden Fall die Neue Partei?" Beate suchte im Radio einen Musiksender.

„Aber mit Sicherheit." Die Straße wurde jetzt enger und kurviger.

„Hm. Mir machen solche Leute wie Hans Weiser Angst", sagte Beate. „Der ist doch eigentlich dumm wie Bohnenstroh. Die Claudia Penn scheint mir etwas gescheiter zu sein und immerhin war sie schon einmal Abgeordnete im Parlament. Allerdings stimme ich nicht so ganz mit ihren Ideen von der traditionellen Familie überein. Ich finde es klasse, einen eigenen Beruf zu haben. Und es geht mir nicht nur um das Geldverdienen."

„Ich glaube, dass da andere mit mehr Grips dahinterstecken", überlegte Thorsten. „Typen wie Weiser können doch überhaupt kein Land führen."

„Führen vielleicht schon, aber in welche Richtung? Der Trump hat doch nur Blödsinn im Kopf. Eine Mauer bauen, Handelskrieg mit China anfangen."

„Hm ja, aber seine Ideen für Investitionen im Land sind sehr gut. Ich bin ab und zu in den USA und sehe, wie marode die Straßen und Brücken sind. Vom Eisenbahnsystem ganz zu schweigen. Wir brauchen jemanden wie ihn, der uns wieder stark macht", erklärte Thorsten.

„Und der die Flüchtlinge wieder dorthin zurückschickt, wo sie herkommen, sobald der Krieg in ihrem Heimatland vorbei ist." Beate sah auf das Navi und stellte fest, dass sie bald am Ziel sein müssten.

„Die wir aber bis dahin durchfüttern müssen."

„Da, schau mal, das müsste das Haus sein! Sieht gut aus. Schöne Lage."

Sie waren angekommen. Es war Freitagabend, und sie wollten heute nichts mehr unternehmen. Schnell waren die Taschen in die Wohnung gebracht, die Sachen ausgepackt. Sie machten noch einen kleinen Spaziergang in die nahe gelegene Pizzeria, und dann fielen sie müde ins Bett.

Am nächsten Tag wanderten Thorsten und Beate durch das bergige Land. Das hatten sie schon lange nicht mehr getan. Früher, als die Kinder noch nicht auf der Welt waren, waren sie alle paar Wochen zum Wandern gefahren. Sie liebten es, etwas in der freien Natur zu unternehmen, manchmal auch bei Regenwetter. Selbst im Winter waren sie gerne unterwegs. Dabei nahmen sie sich immer wieder die Zeit, über ihre Arbeit und Zukunftspläne zu sprechen. Auch diesmal kamen sie bald wieder auf das Thema Beruf und Büro. Thorsten wollte seinen Frust über die Arbeitsbedingungen im Großraumbüro und über die internationalen Verstimmungen loswerden. Beate war froh, wieder im Beruf zu sein. Dreizehn Jahre zu Hause, das hatte sie am Ende gelangweilt. Die Kinder brachten zwar viel Abwechslung, aber für Beate war das schließlich nicht mehr erfüllend gewesen. Auch wenn sie jetzt mehr zu tun hatte, war sie glücklich. Ihr Chef gestand ihr eine längere Einarbeitungszeit nach den vielen Jahren Auszeit zu, und das Klima im Büro war gut. Thorsten sah ihr die bessere Stimmung an und sagte ihr das auch.

Nach drei Stunden erreichten sie den kleinen Bergsee am Fuße einer Felswand. Sie ließen sich auf die Wiese fallen, machten Picknick und ließen die Wolken vorüberziehen. Beate zog sich aus, Thorsten sah sich um, ob andere Leute in der Gegend waren. Da war Beate aber schon im Wasser.

„Es ist eiskalt, aber herrlich!" Beate machte ein paar Schwimmzüge, war dann wieder schnell draußen.

„Willst du nicht auch rein?"

„Es reicht, wenn du drin warst. Das Wasser ist mir zu kalt."

Beate ließ sich von der Sonne trocknen.

„Wäre schön, wenn wir uns jetzt lieben könnten." Beate strich mit der Hand über Thorstens Bein.

„Dürfte nur keiner kommen." Thorsten packte den Rucksack. Beate zog sich an, und sie begannen den Rückweg.

Der zog sich ziemlich in die Länge, sie hatten sich in der Zeit für diese Wanderung verschätzt. Sie hatten auch nicht mehr die Kondition wie früher, doch sie waren beide sehr zufrieden. Sie fanden sogar eine Abkürzung und auch ein Waldrestaurant in der Nähe ihrer Ferienwohnung.

„Die Kinder werden in ein paar Jahren aus dem Haus sein. Was machen wir dann?" Beate goss sich ein Radler ein.

„Für mich ist das schwer zu sagen in diesen Zeiten. Ich habe keine Ahnung, wo wir in einem Jahr leben werden, geschweige denn in zehn Jahren. Die Welt wird immer verrückter. Wir können nicht so weitermachen wie bisher. Wir verlieren unseren Halt, wenn unsere Werte nicht mehr gelten. Und dann die ganzen Asylanten und Islamisten. Die machen unser Land kaputt", meinte Thorsten.

„Bei uns arbeiten Leute", warf Beate ein, „die verdienen weniger, als die Fremden in den Rachen geworfen bekommen. Ich habe gesehen, wie wenig Arbeiter bei uns bekommen, und das bei einem Achtstundentag. Und die Asylanten … je mehr

Kinder und Frauen die mitbringen, desto mehr Geld bekommen sie!" Doch dann wechselte Beate das Thema. „Sag mal, hast du schon Ideen für die Sommerferien?"

Das Abendessen wurde gebracht. Sie sprachen über ihre Sommerferien, die Geburtstage der Eltern, und Beate wünschte sich ein neues Auto. Die Planungen waren in vollem Gange. Es ging ihnen nicht schlecht.

Nach dem Duschen präsentierte sich Beate in einem durchsichtigen Nachthemd, dimmte das Licht und begann ihren Mann langsam auszuziehen. Zu Hause hatten sie immer nur kurz Sex vor dem Schlafengehen. Dieses Mal dauerte es länger, viel länger. Die warmen Körper liebkosten sich. Beate hatte eine gute Figur. Ihre Brüste noch fest, die Hüften etwas runder als früher. Ihr Körper bog sich unter Thorstens zärtlichen Händen und seinen Küssen zwischen den Beinen. Doch in seinem Kopf streichelte Thorsten Helen. Beate brachte ihn zurück in die Wirklichkeit, als sie kam.

Hans beim Herrenabend

Hans Weiser, Claudia Penn, Tim Schwarz und Dr. Morgen hatten mehrere Stunden zusammengesessen und neue Strategien für den Wahlkampf besprochen. Seine Schüler Hans, Tim und Claudia hatten bislang ihre Aufgaben als Führer der Neuen Partei gut gemeistert. Tim Schwarz hatte gute Arbeit in den östlichen Bundesländern geleistet. Er war schon dabei gewesen, als sich die ersten Gruppen am äußersten rechten politischen Rand gebildet hatten. Er wollte nichts mit den

Neonazis zu tun haben, unterstützte aber von Anfang an nationalautoritäre Bewegungen. An den Orten, wo die Infrastruktur langsam zusammenbrach, sich die Parteien aus den alten Ländern entweder gar nicht erst ansiedeln konnten oder sich leise wieder entfernten, sahen Tim Schwarz und seine Bewegung ihre Chance. Sie unterstützten nicht nur die Menschen bei ihren Protesten, wenn Schulen geschlossen wurden oder Läden abwanderten, sondern organisierten auch notwendige Fahrdienste. Die Bevölkerung dankte es ihnen, vor allem bei den Wahlen. Nach dem Zusammenschluss unterschiedlicher Bewegungen unter der Führung der Neuen Partei wurde diese zur stärksten Kraft in diesen Gebieten.

Claudia Penn hatte viel Erfahrung aus ihrer früheren Parlamentsarbeit bei der Christlichen Partei mitgebracht, nach Meinung von Dr. Morgen brauchte sie aber noch Hilfe. Ihre Auftritte bei Veranstaltungen sollten besser organisiert werden sollten.

„Die Themen und Parolen müssen die gleichen sein und immer wiederholt werden", erklärte er. „So bleiben sie in den Köpfen noch besser hängen." Claudia wollte sich verabschieden. Dr. Morgen begleitete sie nach draußen.

„Kommst du später noch oder bleibst du im Club?" Claudia kramte in ihrer Tasche nach dem Autoschlüssel.

„Ich bringe uns noch eine Flasche Champagner mit", flüsterte er ihr ins Ohr und verabschiedete sich mit einem sanften Kuss.

Dr. Morgen lud Hans und Tim auf einen Herrenabend ein. Hans und Tim waren begeistert. In der Stadt hielten sie vor einer Bar an.

„Kennen Sie den Laden hier?", fragte Dr. Morgen.

„Sieht nach Club aus", meinte Tim. „Ich war noch nie da drin. Wollen wir reingehen?"

„Sie brauchen eine Krawatte und ein Jackett. Beides können Sie aber bei uns leihen", erklärte der Türsteher.

„Gibt es hier ein Programm?", fragte Tim Schwarz.

„Eine kleine Show und hübsche Frauen."

„Scheint mir eine Art Bordell zu sein", stellte Hans fest.

„Wollen wir?"

„Machen wir doch", drängte Tim und lief schon einmal voraus.

Die Krawatten sahen etwas abgetragen aus, die Jacketts waren aber in Ordnung. Die Stimmung war gut. Frauen zeigten sich in langen Kleidern oder sehr kurzen Miniröcken auf dem Parkett und die Männer bewegten sich in ihren eigenen oder geliehenen Jacketts. Dazwischen balancierten junge Frauen in aufreizenden Outfits Getränke.

„Ich glaube, hier kann man die Nacht herumbekommen!" Dr. Morgen lenkte sie zur Bar.

„Ich muss nur ein wenig auf mein Geld aufpassen." Hans hatte inzwischen ein Einkommen und den Umgang mit Geld gelernt.

In der Mitte des Saales gab es nun eine kleine Showeinlage. Sie bestellten Whiskey, sahen zu und betrachteten die Leute im Raum. Als die Show zu Ende war, wurde die Fläche zum Tanzen freigegeben. Einige Paare bewegten sich eng aneinandergeschmiegt zum Takt des Blues.

„Möchtet ihr auch tanzen? Ich bin Aimy."

Aimy hatte sich zwischen ihre Barhocker geschoben und blickte nun abwechselnd Hans und Tim an. Dr. Morgen blickte woandershin.

„Wen von uns hast du gefragt?"

„Euch beide natürlich. Wollt ihr?"

Aimy nahm Hans und Tim bei den Händen und führte sie zur Tanzfläche. Rhythmisch bewegten sie sich zum Takt der Musik. Die Musik wurde noch langsamer. Das Licht im Raum wurde noch gedämpfter. Aimys Bewegungen wurden lasziver. Sie berührten ihre Hände, und ihre Körper kamen immer näher. Die junge Frau provozierte und ließ sich überall anfassen. Das Licht im Saal war nahezu erloschen. Münder fanden sich, Hände streichelten. Aimy nahm beide an die Hand und führte sie hinaus. Hans und Tim waren wie benommen. Konnte das von dem bisschen Whiskey kommen? Dr. Morgen war nicht mehr zu sehen.

Sie befanden sich plötzlich auf dem Rücksitz eines Autos. Aimy fuhr durch die Stadt, sie konnten den Weg nicht erkennen. In einer Garage wurden die Türen geöffnet, und Aimy führte sie in eine Wohnung.

„Wartet. Ich komme gleich! Getränke stehen auf der Bar."

Leise Musik erklang. Hans und Tim waren erregt, aber auch etwas ängstlich. Worauf hatten sie sich eingelassen? Sie kannten die Frau gar nicht. Wollte sie die beiden ausnehmen?

„Sag mal, hat der Dr. Morgen eigentlich was mit der Claudia?" Diese Frage beschäftigte Hans schon den ganzen Tag.

„Vielleicht ..."

Weiter kam Tim mit seiner Antwort nicht. Aimy erschien in der Tür. Beiden verschlug es die Sprache. Ein Hauch von einem Kleid verbarg nichts. High Heels machten das Ganze noch interessanter.

„Zieht euch aus. Wir machen unsere private Party hier weiter."

„Wer bist du?", fragte Tim zögerlich.

„Frag doch nicht. Nimm einfach."

Hans ließ als Erster die Hüllen fallen. Alle drei konnten nicht genug bekommen. Immer wieder Berührungen, Lippen und Hände überall, Feuchtigkeit und Wärme. Befriedigt und müde lagen sie nebeneinander.

Hans schlief ein. Als er die Augen wieder aufmachte, sah er Aimy auf sich sitzen. Sie küsste ihn und stieg von ihm ab.

„War es schön?", flüsterte sie.

Er war verwirrt. Er konnte nicht viel sagen. „Ja, ganz toll."

„Warum machst du so einen verwirrten Eindruck? Hat dich noch nie eine Frau im Schlaf bestiegen?"

„Nein. Dann war wohl alles nur ein Traum."

„Vielleicht hast du einen tollen Traum gehabt, als ich dich im Schlaf gestreichelt habe."

„Haben wir gestern Abend Rauschmittel genommen?"

Aimy grinste. „Ich nicht."

„Wo ist Tim?"

„Der ist heute Nacht noch gegangen."

„Sag mal, wie viel Uhr ist es?"

„Fünf Uhr morgens. Wollen wir noch etwas schlafen?"

Sie schliefen im großen Bett ein.

Es wurde gerade hell, als Hans erwachte. Er was alleine. Er packte seine Sachen zusammen und verließ das Haus. Er hatte keine Ahnung, in welchem Stadtteil er sich befand. Er versuchte sich an die Fahrt in der letzten Nacht zu erinnern. Sie hatten nur an diese Frau gedacht und was sie mit ihnen vorhatte. Und dann hatte er ein paar Gläser Whiskey zu viel getrunken.

Er kam an einen Platz, der ihm bekannt vorkam. Der Hafen war nicht weit von hier. Auf einer Bank saßen einige Immigranten und versuchten die Zeit herumzubringen. Andere bedienten in einem Café. Hans konnte sich nicht überwinden, hier einen Kaffee zu trinken. Er nahm die Straßenbahn und fuhr ein paar Straßen weiter. Für ihn war die andere Gegend angenehmer.

Claudia Penn

Claudia hatte zwei Stunden auf ihren Liebhaber gewartet und war auf dem Weg ins Badezimmer, als er an der Tür läutete. Er hatte tatsächlich eine Flasche Champagner in der Hand.

„Du kommst spät", sagte Claudia vorwurfsvoll. „Ich war schon auf dem Weg ins Bett."

„Dann lass uns doch zusammen gehen. Aber zuerst einen Schluck von diesem vorzüglichen Getränk."

Claudia hatte einige Jahre als Leiterin der Stadtverwaltung gearbeitet und war zusätzlich in der Christlichen Partei tätig gewesen. Sie hatte gute Arbeit geleistet und war als Kandidatin aufgestellt worden. Nach einem Achtungserfolg im ersten Jahr kandidierte sie nach vier Jahren erneut und kam so ins Parlament. Sie hatte überzeugte konservative Ansichten zu Ehe und Familie und verteidigte sie auch in öffentlichen Debatten. Ein Buch von ihr über dieses Thema wurde von Feministinnen und Liberalen verdammt, von ihren Anhängern wurde sie dafür hoch gelobt. „Endlich einmal jemand, der die Wahrheit über den Zustand unserer Familien sagt", war deren Tenor. Unterstützung bekam sie vom Vorstand ihrer Partei, aber auch von Anhängern der Neuen Partei und vor allem von Dr. Morgen.

Sie war Single geblieben. Gebildete Herren mit guten Manieren gefielen ihr, und sie ließ sich gerne von ihnen ausführen. Sie hatte Dr. Morgen vor einigen Jahren auf einer Party ihres Freundes Mark kennengelernt. Ihr gefielen sein Auftreten und seine Sprachgewandtheit. Er lud sie ab und zu ein, war aber nie aufdringlich. Gerne sprach er über konservative Ansichten, und als ihre Partei sich politisch immer weiter in die Mitte bewegte, konnte er sie zu einem Austritt bewegen. Claudia Penn hatte für ihn die richtigen Ansichten, und als Frau konnte sie den Anteil der weiblichen Anhängerschaft vergrößern. Er versprach ihr, dass sie eine führende Rolle in der Neuen Partei übernehmen könnte. Nach einem Treffen kamen sie sich auch menschlich näher. Er wollte aber nicht, dass ihr Verhältnis öffentlich wurde.

Der Champagner hatte trotz fortgeschrittener Stunde ihre Sinne geöffnet, und sie genossen einen angeregten Sex miteinander. Dr. Morgen beschloss, erst am nächsten Tag mit Claudia über seine weiteren Pläne zu sprechen.

„Hans soll die Partei bis zum Einzug ins Parlament führen. Wenn wir einmal dort angekommen sind, wirst du die weitere Führung übernehmen."

„Glaubst du, der wird sich dann einfach beiseiteschieben lassen?" Claudia empfand nur Verachtung für den ungehobelten Hans. Sie hatte aber auch Respekt vor dem Führungsanspruch, der sich bei ihm ausgeprägt hatte.

„Da wird mir schon etwas einfallen." Er hatte seinen Plan und seine Protagonisten.

Die Abendzeitung

Bei den Redaktionsbesprechungen der Abendzeitung hatte es lange Diskussionen über die Neue Partei gegeben, anfänglich geprägt von Ignoranz und Ablehnung, später von größerer Aufmerksamkeit. Dieses Land und seine Menschen waren zur Demokratie erzogen worden, zur offenen Meinungsäußerung und zu Respekt. Vieles davon hatte mit dem Aufkommen der Neuen Partei keinen Bestand mehr. Oder hatte diese Gruppierung solch einen Erfolg, weil die Erziehung nicht bei allen angekommen war? Angefangen hatte alles mit dem vermehrten Zustrom von Fremden aus Kriegsgebieten. Während ein Großteil der Bevölkerung sich für sie einsetzte, lehnten andere die Aufnahme dieser Menschen ab. Die Protestler wurden zahlreicher und gingen auf die Straße, besonders Hasserfüllte zündeten Unterkünfte an. Eine Partei wurde gegründet, die Neue Partei, die sich vor allem gegen Ausländer richtet, aber auch die Meinungen anderer Unzufriedener auf. Sie war der Hort der Enttäuschten und der Verunsicherten, ein Sammelbecken von Kritikern der Flüchtlings- und Zuwanderungspolitik, von Globalisierungsgegnern, Nationalkonservativen sowie

Wählern mit rechtsextremen Einstellungen. Man wollte sich abschotten. Alte nationale Strömungen kamen vermehrt zum Vorschein oder wurden übernommen. Die Neue Partei etablierte sich als eine Protestbewegung. Dass sie abgelehnt und, wie sie meinte, falsch dargestellt wurde, führte dazu, dass sie die Medien als Lügenpresse beschimpften.

Die Redakteure der Abendzeitung konnten am Anfang nicht damit umgehen. Während die Journalisten immer wieder versuchten, ihre Leser mit Tatsachen zu überzeugen, sahen die Anhänger der Neuen Partei gerade diese Tatsachen als manipulierte Meinung an und lehnten sie ab. Vielmehr waren es Hans und seine Anhänger, die bewusst falsche Informationen in die Runde warfen; die Abendzeitung und andere Medien würden Unwahrheiten verbreiten, behaupteten sie. Sich steigernde Diffamierungen auf beiden Seiten führten zu einer Verhärtung der Fronten. Die Zahl der Mitglieder der Neuen Partei stieg weiter, und nicht nur ihre gewählten Vertreter setzten Falschmeldungen in die Welt, sondern ebenso ihre Anhänger.

Erst spät wurden die ersten selbstkritischen Fragen bei den Medien gestellt. Allmählich versuchten sie, die Anhänger der Neuen Partei zu verstehen. Die Redakteure fanden heraus, dass sie nur sehr wenig über diese Menschen wussten. Nie hatten sie groß über deren Einstellungen, soziales Verhalten, deren Wünsche und Ängste berichtet. Die Flüchtlinge waren nur ein Auslöser gewesen! Die Leute fühlten sich vernachlässigt, nicht ernst genommen. Sie hatten Angst vor der Zukunft, verstanden nicht die rasante Entwicklung in der Technik, im Internet, in der Welt. Soziale Veränderungen wie die gleichgeschlechtliche

149

Ehe, neue Schulsysteme, die Umsetzung der Gleichberechtigung machten nicht vor ihrer Haustür halt. Diese Menschen hatten Angst um ihren Arbeitsplatz und vor dem, was kommen würde. Sie verstanden das alles nicht und wollten es auch nicht verstehen. Sie lehnten das Neue ab. Zu fragen trauten sie sich nicht, denn zu lange hatte die Elite über sie gelächelt.

Dieser Entwicklung war ein langwieriger Prozess bei den Medien und bei den Eliten vorausgegangen. Es dauerte lange, bis das verstanden worden war. Ein gegenseitiges Verständnis konnte sich allerdings zum jetzigen Zeitpunkt nicht mehr entwickeln; mancher versuchte es und scheiterte. Politiker, die sich bei Anhängern der Neuen Partei den Diskussionen stellen wollten, kamen meistens nicht einmal zu Wort. Sie machten sich lächerlich. Die Redakteure der Abendzeitung versuchten einen neuen Anlauf. Beide Gruppierungen wurden zu Diskussionsrunden eingeladen. Man war sich uneins über das Ziel dieser Runden: Was wollte man zum jetzigen Zeitpunkt erreichen? Sollte gegenseitiges Verständnis gefördert werden? Letztendlich traten die Konflikte offen zutage.

Hier nun trafen Hans und Emre aufeinander, andere Politiker waren ebenso vertreten. Hans gegen den Rest der politischen Parteien. Ein vorsichtiges Abtasten zu Beginn der Runde endete sehr schnell in den bekannten Aussagen und Vorwürfen. Mäßigende Worte verfehlten ihr Ziel, Hans Weiser attackierte jeden und alles. Neu waren seine Drohungen gegen die anderen Parteien im Falle eines Sieges. Wegen ihrer Lügen würden alle ins Gefängnis gesteckt, behauptete er. Anmerkungen zum demokratischen System ignorierte er. Mit der Verfassung und dem obersten Gericht konnte er nichts anfangen. Dr. Morgen hatte ihm bewusst nicht zu viel dazu gesagt und vermied so, dass Hans sich darin verhedderte. Emres Erklärungen zu den einzelnen Streitpunkten führten bei Hans nur zu einer weiteren Verhärtung. Er verstand die Erklärungen nicht und wollte sie auch nicht verstehen. Die Eliten wären arrogant und versuchten, ihn und seine Anhänger als dumm darzustellen, das war seine Meinung dazu. Hans und Emre gingen gestärkt aus der Diskussionsrunde – jeder bei seinen Anhängern. Die Abendzeitung fasste die Ergebnisse zusammen. Die Journalisten und Redakteure hatten etwas gelernt. Diese Menschen sollten ernst genommen werden.

Verhärtung

Emre war der perfekte Angriffspunkt für Hans und seine Anhänger. Er war ein Fremder mit islamischem Glauben. Er habe eine einheimische Frau geschwängert, damit er einen Pass bekam, hieß es. Er hatte studiert und gehörte somit dem Establishment an. Unzählige Schmähbriefe und Drohungen erhielt er jeden Tag. Er war nicht der Einzige, der im Visier der Anhänger der Neuen Partei war. Er sah die rechten Strömungen in seiner neuen Heimat mit Unbehagen. Er fühlte sich auch immer noch seinem Heimatland verbunden. Die Tendenzen der Neuen Partei erinnerten ihn an die politischen Gegebenheiten in seiner früheren Heimat. Er wollte alles Erdenkliche tun, damit nationalpopulistische Parteien in seiner neuen Heimat nicht die Macht gewannen, und das vielleicht sogar auf demokratische Weise! Immer wieder traf er auf Hans Weiser.

Im Lande war inzwischen bekannt, dass Hans von Dr. Morgen beraten wurde, der selten in der Öffentlichkeit auftrat. Emre und manche Wähler der Bunten waren der Meinung, dass dieses Beraten eher ein Steuern war.

Emre wollte unbedingt verhindern, dass Wahlverhältnisse wie in einigen Nachbarländern entstanden. Die radikalen Parteien waren dort nahe an einem Sieg. Merkten die Menschen denn gar nicht, dass sie damit ihre Freiheit abschafften? Eine Freiheit, die ihre Urgroßväter mühsam erkämpft hatten!

Emre als Vorsitzender seines Landesverbandes musste zuallererst die unterschiedlichen Meinungen innerhalb seiner Partei zusammenführen, unter deren Dach sich viele unterschiedliche Richtungen versammelten und die das Streiten gewohnt war. Das war keine einfache Aufgabe. Einige Politiker der Bunten setzten immer noch auf Information und Belehrung über Demokratie, Fleischverzicht und artgerechte Tierhaltung. Das waren zwar wichtige Themen, aber es gab jetzt wichtigere. Das Ziel musste sein, einen Wahlsieg der Neuen Partei zu verhindern. Die anderen demokratischen Parteien konnten sich nicht auf einen Kandidaten einigen. Nur ein Wahlsieg der Bunten konnte somit den Sieg der Neuen Partei verhindern.

Die Wirtschaft des Landes war weltweit führend auf den Gebieten der Umwelttechnik. Viele Arbeitnehmer waren in diesem Bereich tätig, und Emre hielt engen Kontakt zur Industrie. Deren Manager waren überrascht über die große Anhängerschaft der Neuen Partei. Hans und seine Anhänger beschuldigten Emre und die Bunten wegen dieser engen Kontakte und warfen ihnen Klüngelei mit der Industrie vor.

Abschottung gegen billige Einfuhren aus dem Ausland, lautete die Losung der Neuen Partei dazu. Versuche, den Wählern die Nachteile protektionistischer Wirtschaftspolitik zu erklären, wurden von Hans und seinen Leuten verhöhnt.

Angst begann sich im Land breitzumachen, genährt durch den immer schneller werdenden sozialen Wandel, durch die vielen Fremden, die Sorge um den Arbeitsplatz und verstärkt durch die Angstmache der Populisten. Die Polarisierung innerhalb der Gesellschaft nahm zu. Dieses Land war keine Ausnahme, in einigen Nachbarländern passierte das Gleiche. Hans und seine Partei rissen den Graben immer weiter auf. Besonnene Politiker wie Emre versuchten die Anhänger zu Einigkeit in der politischen Zielrichtung zu bewegen. Sie wollten ein weltoffenes Land mit sozialen Gesetzen, die es allen Menschen ermöglichten, ein gutes Leben zu führen, und in dem jeder Arbeit finden und entsprechend seiner Arbeit entlohnt würde. Jeder sollte die Möglichkeit haben, zu einer guten Bildung zu kommen. Damit sollten auch Anhänger der Neuen Partei wieder zurückgeholt werden. Großen Erfolg hatten sie damit allerdings nicht.

Emre begann jetzt sein diplomatisches Geschick einzusetzen. Gespräche über das Vorgehen bei der nächsten Wahl wurden geführt; die demokratischen Parteien sollten das alte Gezänk doch für ein paar Jahre vergessen können? Es war wichtig, dass Abmachungen umgesetzt würden. Die jetzige Regierung konnte nicht so weitermachen und die Neue Partei einfach ignorieren. Emre verlangte weitere öffentliche Gespräche mit deren Anhängern. Jedermann sollte die

Unsinnigkeit ihrer Forderungen sehen. Er fürchtete zwar, dass dies kurzfristig keine Wähler zurückbringen würde. Aber mittelfristig wollte er weitere Abwanderungen von Wählern demokratischer Parteien verhindern. Und langfristig würden die Einsichtigen den Unsinn der Neuen Partei erkennen, hoffte er.

Emre bekam Unterstützung von den Vertretern sämtlicher Religionen. Die Vertreter der Neuen Partei reklamierten zwar für sich, das christliche Abendland zu verteidigen, ihre Methoden und ihr offener Rassismus führten aber zu einer einheitlichen Ablehnung vonseiten der Konfessionen.

„Wir haben es hier schriftlich. Nur etwa neun Prozent der Anhänger der Neuen Partei sind noch in einer der christlichen Kirchen!", sagte Emre auf einer der Wahlkampfveranstaltungen. „Diese Leute ziehen immer wieder irgendwelche Argumente aus der Tasche, wenn es ihnen gefällt. Aber das hier ist der größte Betrug. Sie wollen einen Kreuzzug, allein um der Macht willen. Sie wollen im Namen des Christentums dieses Land kaputtmachen."

Die Antwort von Hans und seinen Anhängern war laut und heftig. Die Reaktionen reichten vom Vorwurf der Lüge bis hin zu Morddrohungen. Emre suchte das Gespräch mit den Parteien der Nachbarländer. Doch neue Ideen hatten die auch nicht, und oft waren die traditionellen Parteien zerstritten. Immerhin kam man miteinander ins Gespräch und konnte sich zu Fehlern und Erfolgen austauschen. Von der alten Idee einer gemeinsamen politischen Union mehrerer europäischer Länder war nicht mehr viel zu vernehmen. Zu ernst waren die eigenen innenpolitischen Probleme.

Zu allem Überfluss kam bei manchem Vertreter der Neuen Partei die Idee eines pannationalen Zusammenschlusses auf. Natürlich vor dem Hintergrund der Verteidigung des christlichen Abendlandes. Was für eine Schizophrenie: Sie hatten doch gerade erst das bestehende System einer Europäischen Union bekämpft!

Am Ende des Fastenmonats Ramadan lernte Emre in der Moschee einen Mann kennen, der sich mit Sulayman Ürcik vorstellte. Sulayman beglückwünschte ihn zu seinen politischen Erfolgen und verwickelte ihn in ein Gespräch.

„Ich lebe hier seit einigen Jahren und habe enge Kontakte zu Regierungskreisen in meinem Land", erklärte Sulayman. „Dein Name, Emre, fällt dort recht oft. Man fragt sich, was es für Auswirkungen haben könnte, wenn ein Moslem hier in diesem Land eine führende Funktion übernähme oder vielleicht Kanzler sein würde."

„Was meinst du mit Auswirkungen? Ich fühle mich als Bürger dieses Landes und diesem Land verpflichtet."

„Meine Frage geht in Richtung des Islam und des sozialen Lebens. Hier leben immerhin schon vier Millionen Moslems, ohne die Flüchtlinge. Ein Großteil wird wohl auch bleiben und integriert werden."

„Falls du eine islamische Republik ansprichst, so liegst du bei mir falsch. Für mich ist wichtig, dass hier alle Religionen ausgeübt und Gesetze nicht auf der Basis von Bibel oder Koran gemacht werden."

„Und was willst du machen, wenn es zum Kampf zwischen Moslems und den Ungläubigen kommt?"

„Was für ein Kampf? Meinst du eine intellektuelle oder eine militärische Auseinandersetzung?"

„Du siehst doch wohl auch, in welchen Fußstapfen die Vertreter der Neuen Partei laufen. Glaubst du, dass vier Millionen Moslems sich einfach wegschicken oder einsperren lassen? Die Neue Partei praktiziert offenen Rassismus."

„Ich glaube nicht, dass es so weit kommt. Die Mehrheit der Bevölkerung wird nicht zulassen, dass die Neue Partei machen kann, was sie will. Dieses Land hat Gesetze und eine Justiz."

„Die momentan nicht das tut, was sie sollte."

„Ich glaube an dieses Land."

Emre verließ den Ort verwirrt. Über so manches hatte er noch nicht nachgedacht.

Der Urlaub

Es sollte Tunesien sein. Alle anderen Länder waren viel teurer oder schon ausgebucht, und die Reisekasse war nicht allzu üppig gefüllt. Für Thorsten und Beate stand fest, dass Tunesien wieder ein ruhiges Land war, die letzten Anschläge lagen schon einige Zeit zurück, die Hotels waren sicher und die Strände schön und sauber. Den Kindern war es egal, Hauptsache, sie konnten an den Strand gehen. Dass Tunesien ein islamisches Land war, spielte keine Rolle.

„Durch uns verdienen sie Geld", meinte Thorsten. Außerdem war sein Chef aus Tunesien. Mit ihm kam er gut aus.

Nach einem bequemen Flug von nur wenigen Stunden kamen sie am Flughafen ihres Ferienlandes an. Die Fahrt mit dem Shuttlebus war organisiert, so mussten sie sich nicht durch das Chaos am Taxistand quälen, wie Beate kommentierte.

Das Hotel war schön, mit großzügigen Zimmern, das Essen international und nicht zu einheimisch, also zu nordafrikanisch. „Wir müssen ja nicht allzu engen Kontakt zu den Einheimischen haben", meinte Beate. „Schaut immer erst durch den Spion, bevor ihr die Zimmertür öffnet. Man weiß nie, wer davorsteht", ermahnte sie die Kinder. Sie hatten ein eigenes Zimmer direkt neben dem der Eltern.

Die ersten Tage galten dem Strandleben. Die Hauptsorge der Eltern war ein möglicher Sonnenbrand – ansonsten drohe ihnen keine Gefahr, solange sie die Hotelanlage nicht verließen. Die Kinder spielten im Wasser oder bauten Sandburgen, die Eltern lagen in den Sonnenstühlen, lasen oder dösten vor sich hin. Die Sonne schien vom wolkenlosen Himmel. Ab dem späteren Vormittag wurde es allerdings so heiß, dass sie sich in die Zimmer zurückziehen mussten.

Beate gab klare Anweisungen.

„Wenn wir das Hotel verlassen, bleiben wir immer zusammen. Und vor allem bei Männern muss man immer auf der Hut sein."

„Bei den Belästigungen in der Silvesternacht waren es hauptsächlich Männer aus Nordafrika", erklärte Thorsten.

Am vierten Tag wagten sie einen Spaziergang in die nahe gelegene Stadt. Es waren viele Touristen unterwegs. Sie wurden immer wieder von fliegenden Händlern angesprochen.

„Furchtbar, diese Anmache", Beate lief schneller. „Auf unseren Straßen wird es bald auch so aussehen."

So richtig genießen konnten die Eltern den Spaziergang entlang des Meeres nicht. Sie fühlten sich unsicher und versuchten, sich in der Nähe anderer Touristen aufzuhalten. Ihnen war unwohl in dieser fremden Kultur. Sie mischten sich nicht unter die einheimischen Spaziergänger.

„Wir sollten besser ins Hotel zurückgehen", meinte Thorsten. Doch Alina und Tobias waren neugierig. Sie hatten in der Schule täglich Umgang mit Kindern aus anderen Kulturkreisen und auch mit Moslems. Im Basar wagten sie schon mal einen Blick in den Laden eines Teppichhändlers oder zu einem Hersteller von Wasserpfeifen oder Sandalen. Fing ein Verkäufer an zu handeln, zogen die Eltern sie gleich weiter.

Eine organisierte Fahrt nach Kairouan wurde angeboten. Der Preis war nicht zu hoch, und sie waren froh, dass sie die Fahrt und den Stadtrundgang in einer Gruppe machen konnten. Andernfalls hätten sie den Ausflug nicht unternommen. Der Bus war voll, der Touristenführer erzählte viel aus der Geschichte des Landes und von den berühmten Gebäuden, die sie ansehen würden. Eine trockene nordafrikanische Landschaft zog an ihnen vorbei. Die Bauernhäuser sahen ärmlich aus.

„Ich kann schon verstehen, dass die zu uns wollen. Bei uns geht es ihnen viel besser. Da brauchen sie noch nicht einmal zu arbeiten." Beate vertiefte sich wieder in ihr Buch.

Die Touristengruppe drängte sich eng um den Führer wie Küken um eine Glucke. Selbst im großen Hof der Moschee standen sie nur ängstlich herum, und beim anschließenden Spaziergang durch den Basar blieben sie dicht zusammen. Sie trauten niemandem und wagten es nicht, sich irgendetwas näher anzusehen. Nach dem Mittagessen in einem Restaurant verzichtete die Familie auf einen freien Spaziergang durch die Stadt und blieb bis zur Abfahrt des Busses sitzen, zum Unmut der Kinder. Am Strand konnte man sich besser langweilen, murrten sie.

Nach vierzehn Tagen flog die Familie wieder nach Hause. Sie erzählten sämtlichen Bekannten, dass es ein toller Urlaub am Strand gewesen war. Von Land und Leuten hatten sie fast nichts gesehen.

Lehrreiche Stunden

Der Sommer war zu schön, um nur an Politik und Anfeindungen zu denken. Katia und Emre wollten einmal abschalten und mit ihrer Tochter Urlaub machen. Katia wäre gerne durch fremde Städte gebummelt und hätte gerne an weißen Stränden gebadet. Es war ihnen aber klar, dass sie dort keine Ruhe haben würden. Emre war inzwischen bekannt. Er hatte Anhänger, aber leider auch Feinde. Ständig mussten Bodyguards in seiner Nähe sein. Katia wollte die aber nicht um sich haben. Das wäre kein Urlaub für sie. Sie sollten sich diskret im Hintergrund halten. Also reisten sie in den Süden und mieteten ein Ferienhaus mit großem Grundstück. Doch die Wirklichkeit holte sie schnell ein: Am zweiten Tag wurde eine Drohne mit Kamera über dem Grundstück gesichtet.

Emre war sofort in den riesigen Garten verliebt. Alte Bäume standen alleenhaft und wiesen den Weg zu einem Swimmingpool. Im Schatten döste er die ersten Tage, genoss die Zeit mit Laura und seiner Frau. Die aktuelle Situation ließ sie aber nicht los, und so kam manches Thema wieder zur Sprache. Wirkliches Abschalten gab es nicht. Eines Nachmittags nickte er auf seinem Liegestuhl ein. Es war ein besonders warmer Tag und der Platz unter den Bäumen der einzig angenehme.

Er stand mittendrin. Um ihn herum tobte der Krieg. Soldaten mit Kreuzen auf der Brust kämpften gegen Afrikaner, Asiaten, Weiße. Er versteckte sich hinter einem Hügel. Er wollte aufstehen und schreien. Er wollte die Parteien zum Innehalten bringen, doch der Krach des Krieges war zu laut. Kugeln, Raketen, Drohnen, Flugzeuge donnerten über ihn hinweg und zerstörten alles um ihn herum. Er rannte und versteckte sich hinter einer Mauer. Er kannte diese Mauer. Sie stand in seiner Heimatstadt. Er hatte oft darauf gesessen. Mitten im Kampfgeschehen tauchte Katia mit Laura auf. Sie liefen einfach hindurch. Emre schrie, sie sollten zu ihm rennen. Dann eine große Explosion. Er sah sich um. Seine Eltern standen hinter ihm. Was hast du gemacht, fragte seine Mutter, dieser Krieg. Ich habe ihn nicht gewollt, antwortete er. Wieder ein Knall. Emre wachte verstört auf. Ein Regentropfen brachte ihn zurück in die Realität. Ein Gewitter war aufgezogen. Ein dummer Traum, dachte er. Sie hatten gestern Abend einen Film über den amerikanischen Bürgerkrieg angesehen. Er packte seine Sachen und ging zurück zum Haus.

„Wo warst du?", fragte Katia.

„Ich bin auf der Liege eingeschlafen und hatte einen dummen Traum." Er erzählte von seinem Traum. Katia war besorgt.

Der Gewitterregen prasselte auf das alte Landhaus. Emre und Katia saßen auf einer Bank auf der überdachten Terrasse und schauten dem Regen zu. Er legte seinen Arm um seine Frau. Er sah sie liebevoll an. Katia verstand diesen Blick. Wir werden das schaffen, bedeutete er. Später schaltete er zum ersten Mal nach Tagen den Computer an. Seine Mailbox war übervoll, er wollte die Nachrichten lesen. Wie er schon vermutet hatte, hatten Parteigänger der Neuen Partei die Sommerpause dazu genutzt, neue Unwahrheiten über Emre und seine Familie zu verbreiten. Diese wären in Emres islamischer Heimat, um Verstärkung und neue Flüchtlinge anzuwerben, behaupteten sie.

„Wenn es nicht so ernst wäre, könnte man über diesen Unsinn lachen", meinte Katia.

„Ich werde nicht reagieren. Sie wollen doch nur herausfinden, wo wir sind."

Ein Fremder klopfte an der Tür. Katia und Emre sahen sich verwundert an. Wie war er an den Bodyguards vorbeigekommen?

„Guten Abend. Sie kennen mich nicht. Ich bin Ihr Nachbar. Mein Name ist Norbert Schebert. Mir gehört das Grundstück nebenan. Ich lebe hier seit Jahren, seit ich Rentner bin. Ich wollte einfach nur meinem berühmten Nachbarn Guten Tag sagen. Bitte schimpfen Sie nicht mit ihren Bodyguards. Sie können nicht überall sein. Ich kenne die Grundstücke sehr gut. Haben Sie sich gut eingelebt?"

„Mit einem Nachbarn haben wir nicht gerechnet. Möchten Sie einen Kaffee oder ein Glas Wein trinken?", fragte Katia.

„Es ist schon bald Abend. Ein Glas Wein ist eine gute Idee."

„Machen Sie auch hier Urlaub?" Emre öffnete eine Flasche Rotwein.

„Ich habe mich hierher zurückgezogen. Meinen Job habe ich an den Nagel gehängt und lasse es mir hier gutgehen. Etwas Landwirtschaft habe ich dazugekauft und verpachtet. Meine Lebens- und Berufserfahrungen schreibe ich in Büchern nieder. Aber alles ohne Hast."

„Leben Sie alleine hier?" Katia stellte noch Brot und Käse auf den Tisch. Schebert nickte.

„Mir wird es aber nicht langweilig. Meine Bücher, der Kontakt zu den Bauern – und ab und zu ruft jemand an und möchte einen Rat haben."

„Was haben Sie beruflich gemacht?"

„Ich bin Psychologe und habe auch Parteien im Wahlkampf beraten. Ich hatte so manches Mal einen Widersacher bei mehr rechtsgerichteten Parteien. Ist Ihnen Dr. Morgen ein Begriff?"

Emre wurde neugierig. „Agiert der nicht im Hintergrund von Hans Weiser? Ich vermute sogar, dass er ihn steuert."

„Ich habe da sogar noch eine andere Theorie", sagte Norbert Schebert. „Ich kenne ihn seit vielen Jahren. Er ist eine Kapazität der Verkaufspsychologie. Er hatte immer schon nationalgesinnte Gedanken. Nur selten kam er damit an die Öffentlichkeit. So manches Mal, nach einem oder mehreren Gläsern Wein, machte er Andeutungen. Morgen kann Menschen lenken. Ich vermute, dass Weiser ein einfaches Opfer und gelehriger Schüler von ihm ist."

„Er schiebt ihn vor und lässt ihn die Schmutzarbeit machen? Letztendlich will er selber an die Macht, meinten Sie das?" Für Emre eine bedrückende Vorstellung.

„Das wäre eine Erklärung. Vielleicht auch nicht. Morgen ist ein Narzisst, der sich aber selten nach vorne schiebt. In entscheidenden Momenten kommt er dann aus seinem Versteck. Das war vor Jahren so, als sich die Rechte im Osten neu formierte."

„Könnte man den Anhängern der Neuen Partei erklären, dass sie verführt werden?" Katia fand die Diskussion äußerst interessant.

„Das wird nicht funktionieren. Sie wissen ja, dass Belehrungen nicht ankommen."

„Falls Hans Weiser Kanzler werden könnte, wie würde sich Dr. Morgen dann verhalten? Weiser ist ihr Zugpferd, auch wenn er nur eine Marionette ist."

„Dr. Morgen sitzt schon im Vorstand der Partei. Ich glaube nicht, dass er Hans Weiser zum Kanzlerkandidaten machen möchte. Weiser ist dumm und ungebildet und nur sein Strohmann. Wahrscheinlich würde Dr. Morgen sich selbst oder jemand anders nominieren. Er könnte Hans Weiser geschickt abservieren. Vielleicht wegen Unvermögen oder wegen einem inszenierten Skandal. Morgen hat sein Netzwerk und kann reden und verhandeln, wenn es darauf ankommt."

„Wenn Sie ihn so gut kennen, können Sie mir auch sagen, wie ich verhindern kann, dass sie die Wahl gewinnen?" Emre wollte jetzt strategisch denken.

„Wir haben es hier mit einer besonderen Spezies Mensch zu tun. Dr. Morgen ist ein ausgesprochener Narzisst. Diese Menschen fühlen sich allen anderen überlegen und lassen dies auch ihre Mitmenschen fühlen. Sie akzeptieren weder Kritik noch Sarkasmus und wollen oder können beides nicht verstehen. Der Narzisst hat nicht nur ein großartiges Selbstbild, sondern er benutzt auch andere Menschen zur Aufrechterhaltung dieses Selbstbildes. Hans und Claudia sind zwei hervorragende Kandidaten, oder, vielleicht besser ausgedrückt: Opfer von Dr. Morgen. Hans Weiser und Claudia Penn passen aber auch in diese Kategorie. Sie meinen, dass sie für den anderen denken und reden müssen. Sie machen Vorschriften und lassen andere Meinungen nicht gelten. Sie sind nicht in der Lage oder willens, sich mit anderen Meinungen auseinanderzusetzen. Sie sind nicht in der Lage zuzuhören, geschweige denn zu verstehen. Sie sind nicht in der Lage zu lernen. Man hört sie meistens nur reden, ohne dass der andere eine Chance hat, selber ein Wort zu sagen. Da sie nicht einfach zuhören können und oft zu anderen Themen nichts beitragen, mischen sie sich ungefragt in Gespräche anderer ein, versuchen das Thema nach ihren Wünschen zu steuern, um eine Zuhörerschaft zu finden. Weiser und Penn akzeptieren nur die Autorität von Dr. Morgen."

„Das heißt, nicht Hans Weiser ist unser Gegner, sondern Dr. Morgen", schlussfolgerte Emre. „Wenn wir seine Vorgehensweise verstehen, haben wir bessere Chancen, die Neue Partei zu bekämpfen."

„So ist es, aber vordergründig haben Sie es mit Hans Weiser zu tun. Er wurde in die vorderste Linie geschoben."

„Also die Neue Partei mit ihren eigenen Waffen der Fehlinformation und Unwahrheiten zu schlagen, geht nicht", stellte Emre fest.

„Richtig", sagte Schebert. „Die Wähler von Hans Weiser werden nicht darauf eingehen und die Wähler der demokratischen Parteien werden angewidert wegschauen. Ich denke an etwas anderes. Sie gehen schon den richtigen Weg.

Sie sollten sich aber nicht scheuen, in diesem hässlichen Wahlkampf auch einmal zu graben. Die Wähler sollen erkennen, dass ihre Anführer nicht das sind, was sie vorgeben zu sein. Auch Hans Weiser und Claudia Penn haben Schwachstellen oder Dreck am Stecken, und ein wenig zu übertreiben, schadet auch nicht."

„Das kann doch nicht die Methode der Wahl sein", erwiderten Emre und Katia.

„Eine andere Möglichkeit ist, Hans Weiser so lange zu reizen und zu provozieren, bis er Fehler macht", meinte Norbert Schebert.

„Warum können wir denn keinen normalen Wahlkampf führen?", fragte Katia.

„Weil dies kein normaler Wahlkampf ist. Schauen Sie in die USA. Dort hat der größte Betrüger und Populist die Wahlen gewonnen. Aber nicht, weil die meisten hinter ihm standen, sondern weil die Konkurrenz zerstritten war. Weil die Konkurrenz auf Altbewährtes gesetzt hat. Weil die Gegenkandidatin einen schlechten Ruf bei den meisten Wählern hatte. Zum Glück haben wir bei Ihnen keine vergleichbare Situation."

„Ich bin aber an anderer Stelle angreifbar. Ich bin eingewandert und Moslem."

„Sie haben aber bei all Ihren Anhängern einen guten Ruf."

Die drei plauderten den ganzen Abend. Das Gewitter war inzwischen vorbeigezogen, und der Regen hatte eine kühle Brise aufkommen lassen. Sehr angenehm war es auf der Terrasse. Es wurde mehr als eine Flasche Wein geleert und man kam auch auf andere Themen zu sprechen.

„Sind Sie verheiratet?", wollte Katia wissen.

„Das ist schon lange her. Jetzt lebe ich alleine."

„Wie kommt es, dass sich so viele Paare wieder trennen?", überlegte Katia. „Liebt man sich nicht mehr?"

„Ich weiß nicht so recht. Ich glaube, dass Mann und Frau unterschiedlich Liebe empfinden. Junge Männer können vielleicht gar nicht richtig lieben. Wenn sie jung sind, wollen sie erobern. So richtig empfinden sie für die Frau eigentlich gar nichts. Erst in späteren Jahren lernen sie zu lieben", fasste Norbert Schebert seine Meinung zusammen.

Katia lächelte. „Sprechen Sie jetzt von sich oder im Allgemeinen?"

„Ich spreche von mir, aber aus Gesprächen mit Freunden habe ich den Eindruck gewonnen, das gilt für viele Männer. Sicherlich gibt es da Ausnahmen. Am Anfang ist alles sehr schön. Wenn das Verhältnis sich gefestigt hat, wollen die Frauen mehr und mehr Einfluss auf das gemeinsame Leben nehmen. Und dann wollen sie alles kontrollieren. Die Männer beginnen sich abzukapseln, und die Frauen beginnen ihr eigenes Leben zu führen. Die Beziehung lebt dann auf wirtschaftlicher und sozialer Basis und ist keine Liebesbeziehung mehr. Das gemeinsam Erreichte ist zu verteidigen. Aber sonst gibt es kaum noch Gemeinsamkeiten, nur die Kinder sorgen weiter für den Zusammenhalt. Vor allem Frauen stellen gern alles andere, aber nicht sich selber in Frage. Spätestens wenn die Kinder aus dem Haus sind, gehen die Partner ihre eigenen Wege."

„Und so war es bei Ihnen?"

„Wahrscheinlich schon. Außerdem haben Frauen besondere Probleme mit Männern, die frei sein wollen. Diese

Männer kann man nicht binden. Die Frauen bewundern sie, setzen aber oft alles daran, sie zu binden. Das hat wohl auch biologische Gründe. Die Frauen brauchten früher einen starken Mann, der sie verteidigte und das erlegte Wild nach Hause brachte."

„Das gilt doch aber heute nicht mehr! Sie haben selbst einen Beruf."

„Sie haben aber immer noch die Gene", erklärte Norbert Schebert.

„Diese Schlussfolgerung basiert wahrscheinlich auch auf Ihrer eigenen Erfahrung." Katia versuchte, ein Gähnen zu unterdrücken.

„Hätten Sie Interesse, für mich zu arbeiten und mir im Wahlkampf zu helfen?", fragte Emre plötzlich.

„Das wäre noch einmal eine Herausforderung! Ich melde mich. Sie können mich die meiste Zeit dort drüben auf dem Grundstück erreichen."

Auch Norbert Schebert war müde und verabschiedete sich. Emre informierte die Bodyguards, und der Nachbar konnte unbehelligt zu seinem Haus zurücklaufen.

Sie verbrachten nahezu ungestörte Ferien in ihrem Domizil. Machten sie Ausflüge, waren ihnen Paparazzi auf den Fersen, die Bodyguards hielten diese aber auf Distanz. Das eine oder andere Bild von Emre und seiner Familie tauchte mit Kommentaren in der Regenbogenpresse auf, aber nichts, worüber sie sich empören müssten. Sie lieferten dem politischen Gegner dieses Mal keine Schlagzeilen.

Tag der Aufrührer

Die Regierung, ohne innenpolitische Fortune, plante in einer der größeren Städte des Landes ein internationales Treffen mit den wichtigsten Regierungschefs der Welt. Sie hoffte wohl, mit schönen Bildern und ein paar neuen Abmachungen über die Weltwirtschaft und die Umwelt im eigenen Land zu punkten. Die Opposition und die Neue Partei kamen schnell zu Sache. Imagebildung für den Wahlkampf war nur einer der vielen Vorwürfe. Die Neue Partei aktivierte ihre Anhänger, um gegen die Globalisierung und den „freien Strom der Flüchtlinge", wie sie es nannte, zu protestieren. Die Bunten wollten die Gunst der Stunde nutzen, um auf Umweltprobleme aufmerksam zu machen. Auch ihre Anhänger wurden auf die Straße gerufen. Eine weitere Gruppe erhoffte sich ebenso Publicity: Autonome, Anarchisten, Chaoten. Sie gaben sich die unterschiedlichsten Namen, wollten aber nur das eine, nämlich auf der Straße Schrecken verbreiten und zündeln. Sie hatten sich sehr gut vorbereitet. Obwohl einige von ihnen international gesucht wurden, schlüpften die meisten durch das engmaschige Netz der Grenzpolizisten. Sie kamen nicht in großen Gruppen, sondern reisten alleine, unauffällig. Sie fanden leicht Unterschlupf bei ihren Gesinnungsgenossen am Konferenzort und konnten sich auf eine Strategie der maximalen Zerstörung vorbereiten.

Emre wie auch Hans hatten zu friedfertigen Demonstrationen aufgerufen. Sie legten deren Verlauf so fest, dass keine Konfrontation stattfinden konnte. Dr. Morgen wollte keine negative Publicity. Er ahnte wohl, was die Chaoten vorhatten. Nach seiner Logik würde ein solcher Nebenschauplatz gut für seine Partei sein. Der Zug der Bunten wurde ergänzt durch viele andere kleinere Gruppen. Beide Demonstrationszüge zählten wohl eine Viertelmillion Demonstranten, und die waren ein wunderbares Versteck für die Chaoten. Sie liefen in kleinsten Gruppen mit, unauffällig, ihre Schlagstöcke und Molotowcocktails gut versteckt. Auf ein abgesprochenes Kommando hin sammelten sich größere Gruppen, griffen die Polizei mit Steinen an und verschwanden wieder in der Menge. Sie verfolgten eine perfide Strategie: sich Schlachten mit der Polizei zu liefern und diese dabei in Wohnviertel zu locken, wo die Chaoten und ihre Sympathisanten wohnten. Die Ordnungskräfte liefen blind in diese Falle. Sie wurden zuerst aus den oberen Etagen und von den Dächern der Häuser begrüßt: mit Steinen, Stöcken, Knallkörpern und was sonst für diesen Tag gelagert war. Die Polizei forderte Verstärkung an und wich zurück, wurde aber nun auch auf der Straße angegriffen. Es kam zu einer Straßenschlacht, wie sie das Land noch nicht gesehen hatte. Die Angst setzte bei den Polizisten Aggressionen frei. Mit ungezähmter Brutalität gingen die Gruppen aufeinander los, die Aufrührer mit Baseballschlägern, Feuerwerkskörpern und Molotowcocktails. Wasserwerfer der Polizei beherrschten die Szene. Die Anwohner zogen sich verschreckt in ihre Wohnungen zurück. Herbeigerufene Sonderkommandos stürmten die Hausdächer und die Wohnungen, die als Befestigung ausgebaut waren. Die Polizei konnte einige Aktivisten festnehmen, wobei manche selbst in Handschellen weiterrandalierten. Bis in den Abend hinein tobte die Schlacht.

Roger wollte einmal wieder so richtig draufschlagen. Nur deswegen war er in die Kongressstadt gereist. In den letzten Jahren hatte sich bei ihm einiges an Aggressionen aufgestaut. Er war ein nach außen höflicher und netter Angestellter in einer Bank seiner Heimatstadt. Doch er hasste es, ständig nur Anweisungen von seinem Chef zu erhalten, immer eine freundliche Miene gegenüber Kunden aufsetzen zu müssen und zuzusehen, wie sie ihre großen Vermögen auf der Bank verwalteten. Er hatte große Lust, jemandem eine reinzuhauen, und suchte auch die Gelegenheit dazu, gehörte etwa zu den Ultras seines Fußballklubs. Roger war groß und muskulös, seinen Körper stählte er alle paar Tage im Fitnessstudio. Diese antrainierten Kräfte wollte Roger auch ab und zu einsetzen. Prügeleien bei Fußballspielen seines Clubs wurden jedoch immer schwieriger, die Polizei hatte inzwischen Abwehrstrategien entwickelt. Bei dem Treffen der Regierungschefs nun wollte er dabei sein, auf der Straße. Er wollte einmal dabei sein, wenn es so richtig brannte. Seine Freunde hatten ihm schon Tipps für seinen Einsatz gegeben.

In schwarzer Kleidung, die Presse nannte die Gruppe deshalb den Schwarzen Block, ausgerüstet mit Steinen und Feuerwerkskörpern, war Roger dabei, als die Einsatzkräfte in die Wohnstraße der Chaoten gelockt wurden. Genügend Pflastersteine waren vorhanden, und dann wurde geworfen. Roger traute sich immer weiter an die Kette der Ordnungskräfte heran und warf. Die Polizisten versuchten sich mit ihren Schilden so gut wie möglich zu schützen. Erste Feuerwerksraketen, abgeschickt von Aktivisten, rasten rauschend und pfeifend über die Menge, bis sie weiter hinten auf die Straße fielen. Eine Gasse tat sich auf und zwei Wasserwerfer fuhren heran. Roger versuchte nach hinten auszuweichen, doch zwei Polizisten konnten ihn festhalten. Mitstreiter kamen ihm zu Hilfe. Es entwickelte sich eine Prügelei, bei der ein Polizist einen Pflasterstein ins Gesicht bekam. Kollegen kamen hinzu und halfen ihm. Roger entkam und rannte zu einer Haustür. Sie war verschlossen, öffnete sich aber kurz, zwei Bewohner kamen heraus, hielten Roger fest und übergaben ihn der Polizei. Noch am selben Abend brannte ihr Hauseingang. Ein Molotowcocktail war aus Rache in das Haus geworfen worden.

Als es Nacht wurde, gelang es vielen Chaoten, durch Höfe und Häusereingänge zu entkommen. Sie hatten alles genau geplant. Wurden sie von Polizisten verfolgt, so fanden diese entweder verschlossene Türen vor oder wurden selbst angegriffen. Die entkommenen Chaoten sammelten sich in einem anderen Stadtteil, um weiter Randale zu machen. Dieses Mal sollte Feuer mit im Bunde sein. Blitzschnell wurden Läden, Autos und Hauseingänge in Brand gesetzt. Die Aktion war generalstabsmäßig geplant. Als die Polizei ankam, wurde sie wieder mit viel Kriegsgebrüll und Wurfgeschossen empfangen. Feuerwehren wurden an ihrer Arbeit gehindert, Krankenwagen konnten ihren Weg nicht durch das Gewühl finden, Polizisten konnten sie kaum schützen. Die Schlacht zog sich stundenlang hin. Diese Nacht wurde nicht nur laut, sondern auch sehr hell. Nicht die zerstörten Straßenlaternen leuchteten, sondern die Feuer auf der Straße und in den Häusern. Polizisten und Rettungskräfte waren erschöpft. So mancher Anwohner versorgte sie mit Getränken. Letzte

Scharmützel lösten sich bei Sonnenaufgang auf. Schwarzer Rauch trübte das erste Sonnenlicht. Mit beginnender Helligkeit konnten die entsetzten Anwohner die von den Flammen schwarz gefärbten Hauswände und verkohlte Autowracks sehen. Beinahe alle Läden waren geplündert und angezündet worden.

Der materielle Schaden war immens, der politische Schaden noch größer. Die weltweite Presse berichtete sensationslüstern mehr über die Ereignisse auf den Straßen als über den Kongress. Weder der Kongress der Staatschefs noch die friedlichen Demonstrationen fanden ähnlich viel Erwähnung in den täglichen Nachrichten. Die Regierung wollte keine Schwäche zeigen? Aber sie stand diesen Geschehnissen ohnmächtig gegenüber. Andere versuchten davon zu profitieren.

Die Randalierer hatten erreicht, was sie wollten. Man sprach über sie. Woher kamen diese Gewalt und Zerstörungswut? Mit irgendwelchen politischen Zielen hatte das nichts zu tun. Die Polizei hätte sie mit der großen Präsenz provoziert, hieß es. Gut organisiert war auch der Auftritt der Anwälte der Randalierer. Roger solle schweigen und die Polizisten wegen ihrer Brutalität anzeigen. Doch durch die Medien gab es viel erdrückendes Material. Roger würde seinen Körper nun im Fitness-Center eines Gefängnisses stählen können.

Kaum züngelten die ersten Flammen, da meldete sich Hans schon zu Wort. Schuld hatten seiner Meinung nach die laschen Sitten im Land, die dieser Gewalt Tür und Tor geöffnet hatten.

Zu wenig Polizei, die Ordnungskräfte hätten alle Radaumacher erschießen sollen. Dass ein paar Ausländer bei den Chaoten gefasst worden waren, kam ihm zupass. Wobei er übersehen wollte, dass es keine Flüchtlinge waren, die hier dabei waren. Hans rührte und kochte seine politische Suppe kräftig. Unter seiner Regierung wäre das nicht vorgekommen, sagte er. Der Applaus seiner Anhänger war ihm sicher. Diese Ereignisse spielten ihm und der Neuen Partei eine Menge neuer Anhänger zu.

Die demokratischen Parteien waren sich einig, dass die Straftäter überall gesucht werden müssten. Mancherorts waren die Chaoten in ihren Trefflokalen nur als romantische Überbleibsel vergangener Jahrzehnte belächelt worden. Doch die Gesetze waren dazu da, um solche Leute zu bestrafen. Der Rechtsstaat konnte seine Mittel einsetzen, darin waren sich Emre und die Führer der anderen demokratischen Parteien einig. Für die meisten war aber auch klar, dass diese Eskalation von Wut und Zerstörung Hand in Hand ging mit der Verrohung der gesamten Gesellschaft. Es bedurfte nur einiger Zündler für solche Gewaltausbrüche. Einige saßen im Vorstand der Neuen Partei.

Einigung

Die neuesten Umfragen zeigten weiterhin ein zunehmendes Potenzial an Wählern für die Neue Partei. Norbert Schebert hatte Emres Angebot angenommen. Ein arbeitsreiches Jahr lag vor ihnen. Sie planten, die anderen demokratischen Parteien auf folgenden einheitlichen Kurs zu bringen: Sie sollten nicht der Versuchung nachgeben, sich Auffassungen der Neuen Partei zu eigen zu machen. Niemals hatte das in der Vergangenheit geholfen. Die Wähler hatten ihnen den Kurswechsel nicht abgenommen. Die jetzige Regierung machte genug Fehler dieser Art. Ihre Umfragewerte gingen weiter nach unten. Infolge der zunehmenden Auseinandersetzungen mit der Neuen Partei traten wichtige politische Themen in den Hintergrund. Über Bildungspolitik, sozialen Wohnungsbau, Finanzpolitik, Renten, Steuern oder Auslandspolitik wurde kaum noch gesprochen. Hans und seine Anhänger hatten es geschafft, ihre Themen, das heißt die Flüchtlinge und die allgemeine Ablehnung des politischen Systems, in den Mittelpunkt der täglichen Debatte zu stellen. Zu allen anderen Punkten hatte sie keine Meinung. Dr. Morgen hatte erreicht, dass sich die Mehrheit der Bevölkerung hauptsächlich mit den Themen der Neuen Partei befasste. Die anderen Parteien hatten sich auf einen Abwehrkampf eingelassen. War der zu gewinnen?

Auf Vorschlag seines Beraters traf sich Emre unter Ausschluss der Öffentlichkeit mit den Vorsitzenden und einflussreichen Politikern der anderen demokratischen Parteien. Sein Ziel war, eine einheitliche Haltung gegenüber der Neuen Partei im Wahlkampf zu erreichen. Die demokratischen Parteien mussten zusammenhalten. Jede von ihnen sollte für eine Koalition bereit sein. Man wollte möglichst viele Wähler gewinnen, damit diese in der Lage wären, eine Regierung zu bilden. Der Neuen Partei sollten so wenig Wähler wie möglich überlassen werden. Angesichts der angespannten Lage gab es keine größeren Meinungsverschiedenheiten über das Vorgehen, doch wollte sich manche Partei ihre Identität im Wahlkampf bewahren. Dagegen fand Emre nichts einzuwenden. Für ihn war wichtig, dass sie einheitlich gegen die Angriffe der Neuen Partei argumentierten und dass sie alle die Unwahrheiten und Lügen ins Visier nahmen. Sollte fragwürdiges und zwielichtiges Verhalten von Vertretern der Neuen Partei ans Tageslicht kommen, so wollte man diese Dinge öffentlich und deutlich benennen. Die Öffentlichkeit wurde über diese Abmachung erst einmal nicht informiert.

Bei den Vertretern der Kirchen mussten sie nicht lange um Unterstützung werben. Rassistisches und nationalautoritäres Gedankengut hatte hier von vornherein zur Ablehnung geführt, in den Predigten wurde auf diese Aspekte des Wahlkampfes von Hans Weiser hingewiesen. Trotzdem konnte die Neue Partei den einen oder anderen kirchlichen Vertreter für ihre Ansichten gewinnen und schuf sich damit ein religiöses Feigenblatt.

Norbert Schebert arbeitete an einer Strategie. Hans Weisers Lebenslauf war bekannt, aber keiner hatte sich bislang groß dafür interessiert. Wie sollte ein Alkoholiker und beruflich gescheiterter Mann das Land führen? Ein gewichtiges Thema für Emres Berater: Schon einige gescheiterte Persönlichkeiten waren in der Vergangenheit an die Spitze von Nationen gebracht worden.

Der Wahlkampf hatte begonnen, und die Anfeindungen in Wort und Bild, als Schmierereien an Hauswänden und im Internet erreichten ein nie da gewesenes Ausmaß. Kandidaten wurden auf offener Straße angefeindet, in manchen Fällen verprügelt. Die Polizei war ständig im Einsatz, verhindern konnte sie solche Taten nicht. Richter verurteilten die Schläger reihenweise, nicht ohne dann selbst bedroht zu werden. Eine kleine Gruppe rechtsnationaler Menschen terrorisierte das Land.

Emre war müde. Er war nicht nur mittendrin im politischen Geschehen, sondern er war auch Zielscheibe. Politische Anfeindungen konnte er ertragen, physische Bedrohungen aber nagten an seinen Nerven. Er hatte Angst um seine Familie. Hassnachrichten wurden in den meisten Fällen von seinen Beratern und den IT-Leuten abgefangen. Doch Schmierereien an seiner Hauswand, Bierflaschen und andere Gegenstände, die nach ihnen geworfen wurden, erschwerten ihr Leben extrem. Die Lehrer in der Schule versuchten so gut sie konnten auf Laura aufzupassen, aber immer wieder wurde sie von Schülern, deren Eltern Anhänger der Neuen Partei waren, beschimpft. Katia erzählte Emre nicht viel davon, er ahnte es aber. Er machte sich Vorwürfe, seine Familie in diesen politischen Kampf mit hineingezogen zu haben.

Nach einem Tag voller negativer Erfahrungen und Informationen kam er tief enttäuscht nach Hause. Er konnte sich nur noch an den Küchentisch setzen und fing an zu weinen. Katia brachte ihn ins Bett, aber er konnte nicht schlafen. Schüttelfrost erfasste seinen ganzen Körper, sein Puls ging schnell, Emre hatte Angstzustände. Als er endlich eingeschlafen war, verzichtete Katia darauf, den Notarzt zu rufen. Am nächsten Morgen begleitete sie ihn zum Arzt. Emre berichtete, dass er schon seit einiger Zeit diese Symptome hatte. Immer wieder tauchten sie auf, ob bei Besprechungen, auf Reisen oder zu Hause.

Nun akzeptierte er die Warnsignale seines Körpers. Er bekam mehrere Wochen strikte Ruhe verschrieben. Seine Arbeit hatte ihn zu viel Kraft gekostet. Er begann an sich und seiner Mission zu zweifeln. Er überlegte, seine Laufbahn als Politiker zu beenden. Seine Gesundheit und seine Familie waren ihm wichtiger.

Das Meeting

„Wann fliegst du?", fragte Beate.

„Am Dienstag."

„Wie lange geht euer Meeting?"

„Drei Tage, und dann haben wir noch Einzelbesprechungen."

„Und warum musst du zwei weitere Wochen bleiben? Hier gibt es genug zu tun. Ich muss mich die ganze Zeit alleine um die Kinder kümmern. Die Abende mit meinen Freunden kann ich auch sausen lassen", bemerkte Beate grollend.

„Wenn ich zurück bin, nehme ich mir für die Kinder frei." Thorsten Schmitt war dabei, seinen Koffer für die Reise nach Indien zu packen. Die Geschenke für Helen hatte er vorsichtigerweise im Büro eingeschlossen. Über die Goldkette wird sie sich sicherlich freuen, dachte er beim Abschalten seines Laptops. Für einen kurzen Stopp auf dem Weg zum Flughafen musste es reichen. Klar, dass Beate sauer war. Ihr Mann nahm sich gerne extra Urlaub, sobald er auf einer internationalen Konferenz war. Als sie noch den ganzen Tag zu

Hause war, ging das noch. Durch ihren Beruf war ihre Zeit eingeschränkt.

Thorsten freute sich auf sein Treffen mit Helen. Seine Gedanken kreisten in den letzten Tagen oft um sie. Ob sie immer noch so hübsch ist, fragte er sich? Eigentlich war sie für ihn der Hauptgrund seiner Reise. Die Meetings waren für die Firma wichtig, aber nicht so wichtig wie Helen für ihn. Thorsten bereitete seine Besprechungen sorgfältig vor. Helen ließ in verklausulierten E-Mails ihre Freude auf das Wiedersehen mit Thorsten durchblicken. Er war bekannt als Anhänger des neuen amerikanischen Präsidenten, so wie Helen es auch war. Sie hatten es aber mit einer großen Gegnerschaft innerhalb der Firma zu tun und vermieden es, offen Position für die Nationalpopulisten ihrer Länder zu beziehen. Mit dem Reiseverbot für Muslime hatte der amerikanische Präsident wohl etwas übertrieben, dachte Thorsten. Aber Sicherheit war ein großes Gut. Dass Arbeitsplätze aus China und anderen Ländern in die USA zurückgeholt werden sollten, erschien ihm vernünftig und sollte, wie er fand, in Deutschland auch schnellstens umgesetzt werden.

Thorsten Schmitt war unterwegs nach Bombay. Das Management hatte diesen Ort gewählt, da hier sämtliche Mitarbeiter ohne Probleme einreisen konnten. Für Thorsten war es ein Wunschort, gerade richtig für seine Reisefreude und ein Treffen mit Helen. Er war einen Tag vor dem eigentlichen Beginn des Meetings angereist und Helen ebenso. Sie holte Thorsten am Flughafen ab. Die Fahrt zum Hotel dauerte für beide zu lange. Im Taxi sprachen sie über die Neuigkeiten in ihren Ländern, und somit ging die Zeit dann doch vorüber. Danach war nur noch Fühlen, Sich-der-Kleider-Entledigen – es ging kaum schnell genug. Helen war etwas rundlicher geworden. Thorsten fand, es stand ihr gut. Die erste Pause, ein Glas Champagner, es folgten weitere Zärtlichkeiten. Es läuft gut, dachte Thorsten. Helen kommt schon zum zweiten Mal. Die Abkühlung erfolgte im Pool, dann gingen sie mit Kollegen zum Abendessen. Einige waren doch schon früher angereist. Ein Thema war die Politik. Thorsten und Helen hielten sich zurück. Die meisten hatten eine andere Meinung.

Bei seinen Vorträgen war Thorsten in seinem Element. Sein Chef hatte ihm freie Hand gelassen. Die Besprechungen leiteten andere. Thorsten hielt seine Präsentationen, ansonsten träumte er von den nächsten Tagen. Er vermied es, Helen während der Sitzungen zu oft anzuschauen. Abends schrieb er kurze E-Mails an Beate, wie anstrengend die Meetings wären. Diese drei Tage internationales Firmen-Meeting gingen schnell vorbei, aber zu langsam für Thorsten.

Am Ende konnte er es kaum erwarten, die Koffer zu packen und auf ihre gemeinsame Reise zu gehen. Thorsten und Helen bestaunten das Haji Emre Dargah, das Moschee und Grabmal zugleich war. Mitten auf einer kleinen, vorgelagerten Insel, 500 Meter vor der Küste Mumbais, besuchten sie die Kanheri-Höhlen und die Elephanta-Höhlen mit ihren beeindruckenden Statuen. Anschließend stiegen sie in den Zug. In der ersten Klasse ging es an die Strände von Goa. Sie wollten das Leben ein paar Tage lang unbeschwert genießen. Wie ein junges, verliebtes Paar spazierten sie Hand in Hand am Strand, sahen eng umschlungen den Sonnenuntergang am Meer und nachts die Sterne. Wenn die Liebe Pause machte, wurden E-Mails an die Lieben zu Hause in die Laptops getippt. Die Meetings seien anstrengend gewesen, jetzt könnten sie neue Eindrücke für spätere Reisen mit der Familie gewinnen. Sie seien froh, bald wieder zu Hause zu sein. Helen gestand Thorsten, dass sie inzwischen auch in einer Beziehung lebte. Das Verhältnis mit ihm wollte sie auch weiterhin nicht missen. Beide hofften, dass ihre Firma noch viele internationale Treffen einberufen würde. Damit es ihnen auch weiterhin gut ging, sollten ihre Regierungen Mauern bauen und die Flüchtlinge in ihren Ländern bleiben. Sie erstanden ein paar Souvenirs für die Lieben daheim, dann gingen die Flieger auch schon wieder zurück in die jeweilige Heimat.

Die Einsamkeit des großen Hans

Hans Weiser war in seiner Partei und bei seinen Anhängern ein angesehener Mann. Anderswo machte man einen großen Bogen um ihn, manchmal wurde er angepöbelt. Er wurde dann wütend, und manchmal brüllte er zurück: „Ihr werdet schon sehen, wenn wir regieren!"

„Willst du uns alle ins Gefängnis werfen, du kleiner Möchtegern-Tyrann?" Das war nur eine der spöttischen Antworten, die er erhielt.

Dieser vielen Geschehnisse müde sehnte er sich nach Geborgenheit. Er ging nicht zu Lilly, sondern in seine kleine Wohnung. Er wollte alleine sein, niemanden sehen oder hören. Manchmal zog er durch die Straßen seines alten Bezirks. Er suchte etwas, wusste aber nicht, was. Waren es die alten Zeiten, die alten Straßen, die Mietshäuser, die ratternde Straßenbahn, die kleinen Geschäfte, die Gärten? In einem dieser Häuser wohnte Helga. Er klingelte bei ihr. Helga machte ihm auf.

„Welch unverhoffter Besuch!"

„Hast du Zeit?" Hans ging die Treppe hinauf.

„Du siehst müde aus. Hast du Kummer und willst dich ausheulen? Ach nein, du schwimmst ja auf einer Woge des Erfolges." Helga konnte manchmal sarkastisch sein. „Setz dich zu mir. Möchtest du ein Bier?"

„Darauf freue ich mich jetzt", erwiderte er.

„Du hast mich schon lange nicht mehr besucht. Hast wohl bessere Gelegenheiten bei anderen Frauen. Na, wo drückt der Schuh?"

„Manchmal vermisse ich mein altes Leben. Eigentlich bin ich alleine. Ich hatte kein Geld, aber auch keine Verpflichtungen."

„Du bist inzwischen Wortführer einer Partei. Das muss dir erst einmal einer nachmachen. In so wenigen Jahren. Wie hast du das geschafft?"

„Es macht mich schwindelig. Auf der anderen Seite ist es ein tolles Gefühl."

„Der inzwischen große Hans hat jetzt viele Aufgaben und nicht mehr so viel Freizeit wie früher."

„Bitte lass das mit dem großen Hans zwischen uns. Können wir nicht sein wie früher?"

„Ich schon. Aber ob du das noch kannst?"

Er fing an zu reden über sich und seine Arbeit, über Dr. Morgen und seine Ziele, die Ziele von ihnen. Helga merkte, dass Hans stolz auf sein Erreichtes, aber auch einsam geworden war. Ihm fehlte jemand, mit dem er sich unterhalten konnte.

„Warum verärgerst du so viele Menschen mit deinen Reden? Was hast du nur gegen die Ausländer und die Menschen, die ihnen helfen? Früher warst du anders. Du hast mit allen gelebt und dich gut unterhalten. Denke nur an Ahmed."

„Ich weiß es auch nicht. Aber das ist meine Einstellung. Ich möchte etwas verändern."

Nun wollte er nicht mehr weiterreden. Er wollte nicht schon wieder seine Litanei herunterbeten. Nicht hier, nicht bei Helga. In sich gekehrt saß er auf dem Sofa. Er wollte an nichts denken. Helga säumte einen Rock und stellte keine weiteren Fragen. Hans sah sich um. Er fühlte sich wohl in diesem Zimmer mit den einfachen alten Möbeln, auf dem durchgesessenen dunklen Sofa. Alles war einfach, sauber und hatte einen bestimmten Geruch. Oft war er in der letzten Zeit zu Partys in diese modernen Wohnungen mit riesigen Räumen eingeladen worden. Die Leute hatten Geld und besaßen außer teuren Sitzgelegenheiten kaum Möbel. Wo verstauen sie nur ihre Sachen, hatte er überlegt? Die Gespräche handelten von Dingen, die er nicht kannte. Dr. Morgen brachte ihn dorthin, er sollte einflussreiche Anhänger der Neuen Partei kennenlernen. Er fühlte sich dort aber nicht wohl und verzog sich, sobald er Gelegenheit dazu hatte.

„Ich gehe nachher weg", unterbrach Helga seine Gedankengänge. „Du kannst hierbleiben, wenn du möchtest. Ich weiß aber nicht, wann ich zurückkomme."

Er nickte, sagte nichts. Helga erzählte noch ein paar Begebenheiten, bis sie ging. Hans saß auf dem Sofa in der kleinen Wohnung. Wo war er zu Hause? Bei Lilly fühlte er sich nicht wohl. Nie. Auch wenn sie immer froh war, wenn er vorbeikam. Draußen wurde es langsam dunkel. Er legte sich hin und schlief ein. Helga kam spät zurück, ließ Hans schlafen und ging in ihr Bett.

Emre trifft eine Entscheidung

Emre war voller Zweifel. War es richtig, was er machte? Konnte er seine Familie und seine Gesundheit aufs Spiel setzen? Er wollte es nicht. Er fühlte sich müde. Ein Arzt nannte es ein beginnendes Burn-out-Syndrom. Aber war es wirklich das? Er brauchte Zeit und wollte Ruhe. Ein Freund bot ihm an, ihm eine Therapie in einem Kloster zu vermitteln. Emre überlegte lange. Dann nahm er das Angebot an.

Die alten Gebäude lagen in einer hügeligen Landschaft etwas abseits von Ortschaften. Grüne Wiesen wechselten sich mit Wäldern und Feldern ab. Das Korn war schon gemäht, die goldgelben Strohballen standen wie riesige einsame Räder auf den Feldern. Emre und sein Freund überquerten auf einer alten Steinbrücke einen Bach, fuhren um eine Kurve und standen dann vor dem Tor des alten Gemäuers. Die Gründung des Klosters gehe auf das Jahr 900 zurück, erklärte ihm sein Freund. Sie wurden von Bruder Antonius begrüßt.

„Ich werde Sie in den nächsten Wochen begleiten." Der Ordensbruder lief voraus und zeigte Emre sein Zimmer im Gästehaus. Es war nicht ganz so alt wie das Haupthaus und die Kirche, war aber schon vor 300 Jahren gebaut worden, wie der Mönch erklärte. Sein Zimmer war allerdings im heutigen Stil eingerichtet, wenn auch etwas spartanisch. Emre musste sich mit einem Bett, einem Tisch, einem Stuhl und einem Schrank zufriedengeben.

„Wir haben weder Handyempfang noch WLAN hier in der Gegend. In einem Notfall kann man Sie über unser Büro erreichen. Wir hoffen für alle, dass das nie vorkommt."

Die Einrichtung hatte sich der Therapie von Menschen mit Burn-out-Problemen verschrieben. Das Gästehaus war auch für Menschen nichtchristlichen Glaubens offen. Für Emre hatte die Abgeschiedenheit des Klosters den Vorteil, dass die Außenwelt keine Informationen über seinen Aufenthaltsort bekommen konnte. Jeglicher Außenkontakt war untersagt. Er lernte, wie die Regeln dieses Klosters waren. Die Mönche begannen den Tag am frühen Morgen um sechs Uhr mit dem Morgenlob, oder lateinisch: den Laudes. Danach hatten sie Zeit, zu meditieren, zu beten oder in der Bibel zu lesen. Um acht Uhr trafen sie sich zur Eucharistiefeier in der Kirche. Anschließend gab es Frühstück, und danach gingen die Mönche ihrer Arbeit im Kloster nach. Um zwölf Uhr trafen sich alle zum Mittagsgebet und aßen anschließend schweigend, während ein Bruder etwas vorlas. Nach einer Mittagspause gingen sie wieder an die Arbeit. Um 17 Uhr fand die Vesper, das Abendlob, statt. Auch beim Abendessen schwiegen die Mönche während der Tischlesung. Aber in der Zeit danach durften sie reden, miteinander spielen oder im Klostergarten spazieren gehen. Die Komplet, das Nachtgebet, und die Vigilien, die Nachtwache, begannen sie um 20 Uhr. Gegen 21 Uhr zogen sich die Mönche in ihre Zimmer zurück. Die Gäste mussten nur die Ruhestunden, Essens- und Gesprächszeiten befolgen. Falls sie wollten, konnten sie die Regeln der Mönche ebenfalls einhalten. Das Wichtigste für sie war die Ruhe und die Gesprächstherapie.

Den meisten Gästen fiel es leicht, am Morgen um sechs Uhr aufzustehen, nicht aber, schon um acht Uhr abends ins Bett zu gehen. Durch ihren Alltag waren sie an ein frühes Aufstehen gewöhnt. Ohne die täglichen Büro-Aufgaben zu sein war aber für die meisten anfangs nahezu unerträglich.

Doch Emre fand sich schnell in diesen Rhythmus ein. Die Ruhe des Klosters und der Gesang der Mönche ließen ihn sein Leben überdenken. Er spazierte die Feldwege um das Kloster entlang, genoss Klostergarten und -hof und führte lange Gespräche mit Bruder Augustinus. Ihre Themen waren religiöser Art, es ging aber auch um allgemeine Fragen des Lebens und um seine Arbeit. Emre bekam keine Ratschläge. Diese erarbeitete er sich selbst. Er war wegen seiner Zweifel gekommen, ob es richtig war, was er tat. Nach einer Woche war er zu dem Schluss gekommen, dass es für ihn und seine Familie besser sein würde, wenn er seine politische Karriere beendete.

„Bist du mit ganzem Herzen zu dieser Entscheidung gekommen?" Bruder Augustinus zweifelte, wollte aber so wenig wie möglich Einfluss nehmen.

Emre überlegte.

„Ich glaube ja. Aber je länger ich wieder darüber nachdenke, so unschlüssiger bin ich." Er zweifelte wieder.

„Du hast viel erreicht. Würdest du wirklich mit dieser Entscheidung glücklich werden?"

„Ich weiß es nicht. Ich schwanke *doch* noch ..."

„Dann brauchst du noch Zeit. Aber ich habe gesehen, dass dir die Ruhe gut bekommt. Du hast wieder Kraft gefunden."

„Wenn ich jetzt aufhöre, ist das vielleicht für viele andere schlecht."

„Nutze die Zeit und meditiere. Ruhe dich aus."

Emre nutzte die Zeit. Während der nächsten Tage wuchs in ihm die Erkenntnis, dass er einen Auftrag hatte und ihn zu erfüllen gedachte. Er hatte gelernt, die Dinge zu nehmen, wie sie waren. Er hatte gelernt, dass er glücklich sein würde, wenn er andere glücklich machen konnte. Und davon gab es viele. Viel mehr als solche, die ihn nicht unterstützten.

Denis

„Hallo Denis, wo kommst du denn her?" Emre war gerade auf dem Weg von der Redaktion zur Tiefgarage. Er hatte Denis seit der Uni nicht mehr gesehen. Sie hatten oft in Seminaren zusammengesessen und debattiert und ihre Diskussionen gerne in einer Kneipe weitergeführt. Denis arbeitete jetzt als Redakteur bei einer Fernsehanstalt und setzte das, was er gelernt hatte, bei politischen Berichten um. Sie hatten sich an einer großen Straße in der Stadt getroffen. Kühler Wind trieb den Regen vor sich her. Denis hatte den Kragen seines Mantels hochgestellt. Emre versuchte, seinen Regenschirm gegen den böigen Wind zu halten. Die Fußgänger liefen schnell ihres Weges. Der Autoverkehr auf dem nassen Asphalt erschwerte eine Unterhaltung.

„Ist ja wirklich abscheulich hier draußen", konstatierte Denis. „Hast du etwas Zeit? Gehen wir ein Bier zusammen trinken?"

„Eigentlich muss ich nach Hause. Aber für ein Bier sollte es reichen."

Emre schickte Katia eine SMS. Sie rief zurück, sie hatte sowieso einen Babysitter organisiert, da sie abends weggehen wollte.

„Keine Eile, zurückzukommen", meinte sie. „Nimm dir Zeit mit Denis." Sie liefen die laute Straße entlang, bogen in die Altstadt ein und fanden eine recht ruhige Kneipe. Da sie sich lange nicht gesehen hatten, brachten sie sich erst einmal auf den aktuellen Stand. Beide waren Redakteure geworden, Denis bei einem Fernsehsender, Emre als politischer Redakteur bei einer Tageszeitung.

„Alle Achtung, du machst Karriere!", sagte Denis. „In der Fernsehredaktion haben wir da einiges mitbekommen. Du hast für Zusammenhalt bei den Bunten gesorgt, und die Gespräche mit den anderen Parteien waren ebenfalls ein voller Erfolg. Wobei Hans Weiser und Claudia Penn ihre Angriffe wohl noch intensivieren werden", stellte Denis fest.

„Ich denke auch, die drehen noch einmal richtig auf. Ihre Angriffe werden noch schlimmer und infamer. Was wir täglich in den sozialen Medien zu lesen bekommen, ist wirklich schlimm."

„Und die Angriffe gegen die Fremden häufen sich, wie wir täglich berichten müssen. Man kann gar nicht glauben, dass Claudia Penn einmal Abgeordnete der Christlichen Partei war. Soweit mir bekannt ist, ist sie da weder durch großartige Reden noch durch besonders rechtslastige Meinungen aufgefallen."

„Sie hat mal ein Buch über die Frau als Mutter und Partnerin geschrieben", merkte Emre an.

„Das ist von der Kritik ziemlich verrissen, aber von den Anhängern der Neuen Partei natürlich hoch gelobt worden", sagte Denis und lachte.

„Das Buch enthält keine Hetzpropaganda. Es ist doch in Ordnung, wenn jemand konservative Ansichten hat." Emre wollte diesen Punkt zu bedenken geben.

Denis ging nicht weiter darauf ein.

„Es ist schon schlimm, dass die Anhänger der Neuen Partei gar nicht merken, wen sie unterstützen. Es ist kaum zu glauben, dass die meisten von ihnen früher demokratische Parteien gewählt hatte", stellte er fest. „Viele sind halt Protestwähler."

Emre und Denis tauschten sich weiter über die gegenwärtige politische Situation und den beginnenden Wahlkampf aus.

„Sag mal, wie geht es dir denn privat?", erkundigte sich Denis.

„Ganz gut. Wir haben eine Tochter, wie du weißt. Katia ist Sozialarbeiterin. Aber viel habe ich nicht von der Familie beziehungsweise die Familie von mir. Meine Frau unterstützt mich aber voll. Und bei dir?"

„Na ja, ich habe nie eine dauerhafte Beziehung gehabt. Immer, wenn sie fest zu sein schien, habe ich eine neue interessante Frau kennengelernt."

„Immer noch wie zu Studentenzeiten." Emre erinnerte sich, wie Denis alle paar Wochen mit einer neuen Freundin angekommen war.

„Hattest du mit keiner deiner Freundinnen eine gemeinsame Wohnung?", fragte Emre.

„So weit ist es bislang nie gekommen. Keine Zeit wegen dem Job. Ich bin oft unterwegs, manchmal mehrere Wochen von zu Hause weg. Das ist nicht gerade gut für eine Beziehung. – Und du, bist du monogam?", fragte Denis und fügte hinzu: „Entschuldigung, das soll keine Anspielung auf den Islam sein."

„Ich verstehe, was du meinst. Es gibt manchmal schon Versuchungen."

„... denen man nicht entkommen kann", ergänzte Denis.

„Das passiert schon mal."

„Nur einmal?", zwickte Denis Emre.

„Einmal, da aber richtig."

„Erzähl."

„Eine Kollegin von mir, Fotografin, wenn wir unterwegs waren."

„Und dann habt ihr wegen Katia Schluss gemacht."

„Ich liebe sie und habe ihr viel zu verdanken. Und es ging auch um meinen Namen. Ich wollte keine Angriffsfläche für den politischen Gegner bieten."

„Verstehe. Und wie hat deine Kollegin das aufgenommen?"

„Ganz ordentlich. Wir sind weiterhin gute Freunde. Außerdem arbeiten wir zusammen", beendete Emre das Thema und kehrte zu dem zurück, worüber sie sich ganz zu Anfang unterhalten hatten.

„Noch mal was anderes. Wie sieht man bei euch die Stärke der Neuen Partei? Wie viel Prozentpunkte sind realistisch?"

„Das ist schwer zu sagen. Nach den letzten Umfragewerten würden die knapp 40 Prozent bekommen. Ihr liegt bei 35. Andere Umfragen wollen 29 Prozent für euch herausgefunden haben. Das kann sich jederzeit ändern."

„Ja, wir haben bis zur Wahl noch mehr als ein halbes Jahr vor uns", stellte Emre fest. „Und da kann sich noch einiges verschieben. – Seht ihr eine Möglichkeit, dass weniger Menschen die Neue Partei wählen?"

„Du meinst, was man ändern muss, damit weniger Leute sie wählen? Das ist schwierig. Ich denke, dass es kaum kurzfristige Konzepte gibt. Langfristig muss mehr getan werden, die Anhänger zurück zu den demokratischen Parteien zu bringen. Das beginnt schon in der Schule und geht bis in die Vereine. Die Vorteile der Demokratie und die Aufgaben jedes Einzelnen müssen vermittelt werden."

„Und kurzfristig", fragte Emre, „wie siehst du da die Chancen?"

„Vielleicht mit den gleichen Mitteln den Wahlkampf gestalten. Ich meine nicht den Terror und die Pöbeleien auf der Straße. Ich meine die postfaktische, d. h. emotionsbezogene, populistische Methode. Viele Menschen wollen im Moment nur das verstehen. Sie wollen Schlagzeilen und Sensationen. Ob die wahr sind oder nicht. Sie sind aber vor lauter Reizen nicht mehr zur Bewertung fähig. Das audiovisuelle Trommelfeuer stumpft sie ab, ohne dass es als Vorstufe zur nächsthöheren Dosis wahrgenommen wird. Die ständige Flut von Sensationen erzeugt das Bedürfnis nach noch stärkeren. Aktuelle Themen und Hintergründe können nicht mehr verstanden werden. Im Prinzip gilt das für uns alle, aber vor allem die Jugend und die weniger kritischen Leute setzen sich dieser Reizüberflutung aus."

„... und die Anhänger der Neuen Partei warten nur auf den nächsten Schuss."

„Nicht nur die."

„Da tut ihr leider euer Teil dazu. Jeden Tag mindestens drei Sensationsmeldungen."

Denis trank einen Schluck Bier und überlegte. „Gibt es nicht etwas bei der Neuen Partei, was man aufkochen kann?"
„Was zum Beispiel?"
„Man müsste in der Vita der Vorsitzenden suchen. Da gibt es bestimmt etwas. Leider ist uns bislang noch nichts in die Finger gekommen. Ich muss gestehen, wir haben auch nicht danach gesucht."
„Du meinst bei Weiser, Penn und Konsorten?"
„Richtig. Habt ihr bei eurer Zeitung auch noch nichts entdeckt?"
„Nein, leider nichts."
„Woher nehmen die eigentlich die Informationen über die anderen Politiker?"
„Einiges davon stand vor langer Zeit in der Presse. Und dann wurde etwas hinzugedichtet nach dem Motto, etwas Wahres wird schon dran sein", meinte Denis.
Emre wollte inzwischen aufbrechen, aber Denis konnte ihn überreden, noch in eine Tanzbar mitzukommen.
„Du suchst wohl wieder eine Frau? Ich werde mich dann aber bald ausklinken, aus besagten Gründen."
„Ich verstehe. Deine Familie und dein Ruf."
Denis verschwand tatsächlich bald auf der Tanzfläche und Emre machte sich auf den Heimweg. Es regnete immer noch in Strömen. Der Herbst zeigte sich von seiner nassen Seite. Wind und Regen hatten die Blätter von den Bäumen geweht und zu einem rutschigen Straßenbelag gemacht. Emre war froh, als er wieder zu Hause war.

Denis fand eine Tanzpartnerin und Frau für die Nacht. Sie fanden einander sympathisch. Sie hatten beide ihren Spaß erst auf der Tanzfläche und dann im Bett. Am nächsten Morgen merkte Denis, dass seine Schöne der Nacht, wie er sie nannte, nationalpopulistische Ansichten hatte. Wenn tatsächlich ein Drittel der Bürger die Neue Partei unterstützt, dachte er, kann sich jeder die Wahrscheinlichkeit ausrechnen, dass er so jemandem begegnet. Das Leben ist voller Überraschungen.

Krieg der Wahrheiten

Die Menschen wurden mit zahlreichen falschen Sensationsmeldungen versorgt: Emre sei mit islamistischen Kämpfern in Kriegsgebieten gesehen worden, es gab die Kopie eines Planes, wie aus Deutschland ein Islam-geprägtes Land gemacht werden sollte, mit einer Koranauslegung, Entwürfen für Maßnahmen zur Entschädigung von Schweinezüchtern nach Ausrufung des Islamstaates, und so weiter, und so weiter. Die Fake News vom rechten Rand des politischen Spektrums nahmen immer krassere Züge an. Das Schlimme war, dass irgendwie alle darauf warteten und es glaubten. Schnell wurde eine Großdemonstration gegen die vermeintlich drohende Islamisierung organisiert und fand Anklang bei 250.000 Demonstranten.

Die Vertreter der Bunten wie auch die der anderen demokratischen Parteien mussten etwas dagegen tun. Emre wollte keinen schmutzigen Wahlkampf, sowenig wie Norbert Schebert, sein Berater. Es schien allerdings nicht anders zu gehen, sie fanden keine andere Lösung. Der politische Gegner musste mit seinen Waffen geschlagen werden. Erste Vorschläge von Norbert Schebert wurden noch abgelehnt. Als die Mehrheit im Wahlkampfausschuss dann doch die Notwendigkeit für diese unerfreulichen Methoden sah, stimmte auch Emre zu. Eine Cyberwar-Gruppe wurde gegründet, die von Norbert Schebert beraten wurde und IT-Spezialisten für die gezielte Verbreitung von halbwahren Meldungen im Netz und anderen Medien hatte.

Der erste Schuss saß. Hans wurde gezeigt, wie er bei seinem Besuch in Kanada Robbenbabys abschlachtete. Eine hervorragende Bildkomposition, dargestellt als heimliche Aufnahme im Eis. Dass Hans Weiser zu der Zeit überhaupt nicht in Kanada war, zählte nicht. Die Meldung wurde in der einen oder anderen Zeitung gebracht. Drei Tage später erfolgte der nächste Schuss. Claudia Penn wurde gezeigt, wie sie zusammen mit drei muslimischen Frauen in einem Café saß und eine Shisha rauchte. Der Untertitel lautete: Claudia Penn genießt das gemütliche islamische Leben. Diesmal ließ die Antwort nicht lange auf sich warten. Emre sei mit drei Frauen verheiratet. Ein Bild zeigt ihn mit Katia und zwei weiteren Frauen in seinem Heimatland. Heiratsurkunden wurden dazu abgebildet. Die Hacker-Gruppen arbeiteten schnell. Nur sehr wenige Menschen sahen diese Meldung, denn sie konnte im Internet sofort abgefangen und vernichtet werden. Sie erschien lediglich in ein paar wenigen rechtsgerichteten Zeitungen. Alle Parteien waren weiterhin sehr kreativ mit ihren Angriffen.

Die nächsten Schläge waren reiner IT-Natur. Die Hacker aus dem Wahlkampfteam der Bunten Partei hatten das

Netzwerk der Neuen Partei im Visier. Danach existierte es für kurze Zeit nicht mehr. Sie konnten die Adressen der Hassmeldungs-Schreiber blitzschnell ausfindig machen und deren Mail-Adressen und Zugänge zu den sozialen Medien lahmlegen. Die Aktionen der Neuen Partei waren jetzt nicht mehr so häufig und nicht mehr so gut besucht. Bombendrohungen waren die Antwort. Eine Drohung war ernst gemeint, die Bombe detonierte im Hauseingang eines Mitglieds der Bunten Partei. Verletzt wurde niemand.

Beinahe täglich wartete das sensationslüsterne Volk auf die nächste Attacke und amüsierte sich. Selbst einige Anhänger der Neuen Partei merkten so langsam, dass diese Meldungen nicht echt sein konnten. Aber beide Seiten machten weiter und waren sehr kreativ. Dass damit der physischen Gewalt Tür und Tor geöffnet wurde, war zunächst nur wenigen klar.

Beate macht eine Entdeckung

Mit der Arbeit im Büro, den Kindern und der Hausarbeit vergingen die Tage wie im Fluge. Beate hatte die letzte Geschäftsreise ihres Mannes schon fast vergessen. Thorsten war in seinem Handballtraining, die Kinder waren noch bei ihren Freunden. Wieder einmal suchte Beate einen Stift, der gerne von ihren Kindern „ausgeliehen" wurde. Vielleicht fand sie einen auf Thorstens Schreibtisch. Als sie einen Bleistift aus der Schreibablage nahm, rutschte ihr ein Stapel Papier vom Schreibtisch. Hastig sammelte Beate alles wieder ein, doch dann stutzte sie plötzlich. Seltsam, da war eine Hotelrechnung aus Goa, ausgestellt auf den Namen ihres Mannes. Goa, fragte sie sich? Das Firmentreffen war doch in Mumbai gewesen? Von Goa hatte er nichts erzählt. Beate nahm die Rechnung genauer unter die Lupe.

Das Datum lag in der letzten Woche seines Indien-Aufenthaltes. Ein Zettel, angeheftet auf der Rückseite, zeigte den Vermerk „Darling, I will pay half of this bill. Kisses, Helen." Beates Herzschlag hatte sich merklich erhöht. Sie musste sich erst einmal setzen. Ihr Mann betrog sie! Wer war diese Helen? Wie lange kannten sie sich schon? Jedes Mal nach seinen Meetings war Thorsten noch ein paar Tage länger weggeblieben. Hatten sie sich jedes Mal getroffen und miteinander vergnügt? Beate konnte nicht klar denken. Sie schaute auf die Uhr. Thorsten würde noch mindestens eine Stunde weg sein. Sie fing an, in seinen Unterlagen zu wühlen, seinen Rucksack genauestens zu durchforsten. Sein Laptop stand da, war aber mit einem Passwort geschützt. Immer hastiger wühlte sie seine Sachen durch, jede Tasche seiner Jacken und Hosen, immer auf der Suche nach weiteren Beweisen. Sie erinnerte sich an den Koffer, den Thorsten mit nach Indien genommen hatte. Jeder Winkel des silberfarbenen Reisegepäcks wurde von ihr kontrolliert, doch sie konnte nichts weiter finden. Zuletzt fiel ihr noch der Familiencomputer ein. Beate durchstöberte alle Dateien. Aber sie konnte nichts entdecken. Thorsten würde bald nach Hause kommen. Sollte sie ihn sofort zur Rede stellen? Sie schenkte sich einen großen Whiskey ein, wünschte ihren Kindern Gute Nacht und ging ins Bett. Kurz danach kam Thorsten heim. Nein, entschied Beate, sie würde auf eine geeignete Gelegenheit warten.

Beate ließ sich noch ein paar Tage Zeit. Sie nutzte jede Gelegenheit, um die Sachen ihres Mannes zu durchzusehen. Sie fand nichts mehr. Die Hotelrechnung war inzwischen wieder verschwunden. Nach einem Kinobesuch wagte Beate den Angriff. Thorsten machte gerade Anstalten, sie zum Sex zu bewegen, da sagte sie: „Helen wäre dir jetzt wohl noch lieber?"

„Wer ist Helen?" Thorsten wollte gerade ihr Nachthemd hochschieben.

„Eure Besprechung ist wohl nach Goa verschoben worden? Und die Zimmer waren so knapp, dass du deines mit Darling Helen teilen musstest?" Beate versuchte ihre Wut zu unterdrücken und blieb erst einmal sarkastisch.

„Helen scheinen deine Streicheleien sehr gut gefallen zu haben, dass sie dich Darling nennt. Wie viele Jahre geht das schon?" Beates Stimme wurde nun lauter. Sie konnte ihren Ärger jetzt nicht mehr zurückhalten. Als Thorsten immer noch nichts erwiderte, fuhr sie fort:

„Wenn ich alle verlängerten Geschäftsreisen der letzten Jahre zusammenzähle, dann hast du es ganz schön mit ihr getrieben."

„Das muss ein Irrtum sein", versuchte Thorsten sich herauszureden. „Darling sagt man schnell im Englischen."

Natürlich hatte er die Rechnung nicht mit nach Hause nehmen wollen. Sie war wohl zwischen seine Papiere gerutscht. Und dieser blöde Zettel von Helen, dachte er.

„Wahrscheinlich ist hier alles ein Irrtum. Deine Reisen, dein Job, unsere Ehe, unsere Kinder."

„Es ist doch gar nicht ernst", log Thorsten. Er hätte am besten gar nicht gesagt.

„Das ist nicht nur ein Seitensprung! Du hast mich über viele Jahre mit dieser Helen betrogen! Oder war das jedes Mal eine andere? Was meinst du, wie ich mich fühle? Wie wäre das im umgekehrten Fall, wenn ich dich betrogen hätte?"

Thorsten konnte nicht sprechen. Sein Mund war trocken, seine Zunge saß fest.

„Ich höre!", schrie Beate ihn an. „Wohl aufgeflogen? Mit uns beiden ist jetzt erst einmal Schluss. Du verschwindest aus meinem Schlafzimmer. Schau, wo du pennst. Und am Wochenende fahre ich weg. Alleine. Du kannst den Kindern morgen die Änderungen hier erklären, wenn du den Mut dazu hast. Nimm dein Bettzeug und raus hier."

Verlegen zog Thorsten mit seinen Sachen ins Gästezimmer. Jetzt wäre ein günstiger Augenblick, hier abzuhauen, dachte er. Nur leider lebte Helen inzwischen in einer Beziehung. Was sollte er tun?

Am Morgen war die Schlafzimmertür immer noch abgeschlossen. Thorsten bettelte um saubere Kleidung, bekam aber keine Antwort. In Sportklamotten fuhr er ins Büro. Als er am Abend nach Hause kam, gaben ihm die Kinder einen Briefumschlag. Thorsten erklärte ihnen, dass ihre Mutter für ein paar Tage in Urlaub gefahren war. Doch noch am selben Abend erklärte er ihnen den wahren Grund. Beide gingen heulend in ihr Zimmer und schlossen sich ein. Nach drei Tagen kam eine Nachricht von Beate, dass sie eine weitere Woche Urlaub genommen hatte. Außerdem denke sie über einen Auszug nach. Sie wollte keinen Kontakt.

In den nächsten Tagen organisierte Thorsten den Haushalt so gut er konnte. Die Kinder sprachen nicht mit ihm, er hatte aber den Eindruck, dass sie Kontakt zu ihrer Mutter hatten. In Alinas Zimmer fand er einen Zettel mit einer Adresse und Telefonnummer, wohl in Italien. Thorsten beschloss, am Wochenende dorthin zu fahren. Die Kinder brachte er zu den Großeltern. Thorsten fand Beate tatsächlich in dem Hotel. Sie erklärte ihm, dass sie mit ihm zurückkommen, ihr gemeinsames Leben aber sicher nicht mehr dasselbe wie vorher sein werde. Er habe sie mit Helen betrogen, und sie erwarte, dass er mit Helen sofort Schluss mache. Thorsten war erleichtert. Beate hatte nicht von Scheidung gesprochen. Finanzielle und soziale Probleme, wie sie bei einer Scheidung vorkamen, waren damit erst einmal vom Tisch. Beate setzte auf die Ehrlichkeit ihres Mannes in der Zukunft. Thorsten würde Helen nichts davon berichten.

Der Attentäter

Ahmed Sebil war mit dem Strom der Flüchtlinge gekommen, ganz legal. Sein Auftrag war klar: Er sollte an einem belebten Platz eine Bombe zünden und so viele Menschen wie möglich töten. Ahmed hatte im Irak erst gegen die Amerikaner, dann für den Islamischen Staat gekämpft. Er hasste die Kreuzritter, wie er und seine militanten Glaubensbrüder sie nannten, die seit Jahrhunderten in seine arabische Heimat eindrangen. Sie hatten seinen Vater und seinen Bruder getötet. Bomben hatten sein Dorf und sein Haus zerstört. Als der Ruf nach Selbstmordattentätern für die westlichen Länder kam, war

Ahmed sofort dabei. Auf der Fahrt nach Westen lernte er viele Menschen kennen, die vor dem Krieg aus ihren Ländern geflohen waren. Er reiste mit ihnen über das Meer, lief durch den halben Balkan und kam dann an seinem Ziel an. Er ließ sich registrieren, tauchte unter und begann ein Leben im Verborgenen. Er wollte nicht mit den Flüchtlingen im Lager leben. Er hatte nur Verachtung für sie. Warum waren sie nicht in ihrem Land geblieben, um zu kämpfen? Ahmed verstand nicht, dass schon so viele gestorben waren und die Familien genug vom Krieg hatten. Ihre Städte waren zerstört, viele ihrer Freunde tot. Ahmed hatte einen Auftrag.

Er registrierte, mit welchen Schwierigkeiten die Flüchtlinge hier zu kämpfen hatten. Es gab eine starke politische Strömung, deren Anhänger die Flüchtlinge lieber heute als morgen aus dem Land jagen wollten. Wenn die Leute von der Neuen Partei an die Macht kämen, würden sie das auch tun. Dann werden die Flüchtlinge wieder in ihre Länder zurückkehren und kämpfen müssen, dachte Ahmed. Damit fand er einen weiteren gewichtigen Grund für seine Aufgabe.

Ahmed fand bald die Kontaktpersonen, die ihm Material für den Bombenbau besorgten. Von den Flüchtlingen hielt er sich fern. Er wusste, dass sie mit ihm nichts zu tun haben wollten. Er blieb im Untergrund. Ein Koffer mit dem Sprengmaterial war gepackt. Unauffällig wollte er aussehen, nicht wie Attentäter, die man einsperren konnte, bevor sie ihre tödliche Fracht zur Detonation brachten. Diese sahen aus wie Araber und hatten sich auffällig benommen. Ahmed hingegen kleidete sich wie ein Europäer, schnitt seine Haare und rasierte seinen Bart ab. Ein normaler Reisender hätte nicht anders aussehen können. Ahmed ließ seinen Koffer nicht irgendwo stehen. Er wollte stolz auf seine Tat sein.

Das Reisezentrum der Bahn eignete sich perfekt. Zur Hauptverkehrszeit am späten Nachmittag waren viele Reisende unterwegs. Eine große Zahl Pendler stand an den Bahnsteigen und wartete auf die Züge. Andere gingen zur Auskunft oder wollten sich eine Fahrkarte am Schalter kaufen. Nachdem zwei Schalter geschlossen hatten, wurde die Schlange der Wartenden noch größer. Ein guter Moment für Ahmed. Er mischte sich unter sie. Seinen Daumen hatte er schon am Zünder. Jetzt standen nur noch zwei Personen vor ihm, sieben hinter ihm. Ahmed drückte den Knopf.

22 Menschen waren sofort tot, fünf weitere starben innerhalb der nächsten Tage. 72 Verletzte gab es. Die Bahnhofshalle war unter der Wucht der Detonation beinahe eingestürzt. Ein Bekennerschreiben der Islamisten war schnell im Umlauf.

Noch bevor alle Toten begraben waren, nutzten Hans Weiser und Claudia Penn die Situation für sich und verkündeten lautstark, wer die Übeltäter waren. „Das sind die Leute, die die Flüchtlinge und Terroristen ins Land gelassen haben. Sie sind die alleinigen Schuldigen! Und dazu gehören vor allem die Anhänger der Bunten Partei mit ihrem Anführer Emre."

Von Neuem begannen Diffamierungen und Drohungen. Hans Weiser musste nicht mehr viel Agitation leisten. Seine Anhänger überfielen Flüchtlinge auf der Straße und verübten Anschläge auf die Unterkünfte. So etwas war jetzt an der

Tagesordnung. Ahmed hatte den Anführern der Neuen Partei einen großen Dienst erwiesen. Das war seine Absicht gewesen.

Die Flüchtlinge trauten sich nicht mehr alleine auf die Straßen, aber viele begannen sich zu wehren. Versuchten Rechtsradikale in Wohnheime einzudringen, wurden sie mit allerlei Gegenständen abgewehrt. Manchmal waren auch Feuerwaffen dabei. Solche Zustände durfte der Staat auf keinen Fall tolerieren. Die Regierung rief den Notstand aus und verbot sämtliche Demonstrationen, die Polizei bekam Unterstützung vom Militär, Gewalttäter wurden sofort eingesperrt. Wer zur Gewalt aufrief, wurde verhaftet, ob er nun der Neuen Partei angehörte oder der Gruppe der Flüchtlinge. Es wurde die Stunde der Rechtsanwälte. Die unzähligen Einsprüche gegen diese Verhaftungen legten die Justiz lahm. Streit innerhalb der Regierung verhinderte, dass Gesetze geändert wurden. Kritiker sagten, dass nicht die Gesetze geändert, sondern die bestehenden richtig angewendet werden müssten. Währenddessen gingen die Beschuldigungen seitens der Vertreter der Neuen Partei und deren Anhänger weiter. Sie hatten sich in Rage geredet. Hätte man ihnen jetzt eine Waffe in die Hand gedrückt, es wäre sofort ein Gemetzel erfolgt.

Emre musste handeln. Auf der einen Seite mussten die Flüchtlinge geschützt werden, auf der anderen Seite sollten sie alles unterlassen, was die Rechten provozierte. Die Vertreter der Bunten Partei führten viele Gespräche in den Heimen und Lagern. Die Regierung versprach bessere Schutzmaßnahmen. Zahlreiche Politiker und Würdenträger mahnten zur Ruhe. Die Menschen in diesem Land sollten wieder lernen, gut miteinander umzugehen, und Respekt zeigen. Aber zu viele aufgehetzte Menschen liefen der Neuen Partei nach. Emre wollte sich nicht von seinem Weg abbringen lassen.

Protestwähler

Thorsten und Beate waren nie politisch aktiv gewesen. Sie beschränkten sich darauf, zur Wahl zu gehen und die für sie passenden Parteien oder Kandidaten anzukreuzen. Sie hielten sich aus öffentlichen Diskussionen heraus, machten einen weiten Bogen um Wahlkampfstände und sagten nur im Freundeskreis ihre Meinung. Zu Veranstaltungen gingen sie erst recht nicht. Sie waren enttäuscht von der jetzigen Regierung, aber auch von den anderen Parteien. Wo gab es zwischen denen denn überhaupt noch Unterschiede? Die Flüchtlinge wurden in ständig größerer Zahl ins Land gelassen. Die Zahl der Einbrüche stieg, die Zahl der Überfälle auf der Straße ebenfalls. Polizei sah Thorsten nur bei großen Veranstaltungen und sonst nie in der Stadt, geschweige denn in den Wohngebieten. Fragte man Thorsten und Beate nach den Gründen für die gewaltsamen Übergriffe gegen Flüchtlinge, so meinten sie sarkastisch, dass es die ohne die Flüchtlinge gar nicht gäbe.

Früher hatten sie eine der demokratischen Parteien gewählt. Eigentlich wären sie froh, wenn die Christliche Partei immer noch konservative Politik machen würde. Aber gerade sie hatte sich mit der Modernisierung der Gesellschaft mit Patchworkfamilie, gleichgeschlechtlicher Ehe und geänderter Arbeitswelt der modernen Zeit angepasst. Die traditionellen

Parteien standen heute politisch weder rechts noch links, sondern in der Mitte. Wie viele andere Protestwähler waren Thorsten und Beate der Ansicht, dass diese Parteien doch alle das Gleiche wollten, und so gaben sie der Neuen Partei ihre Stimme. Hans Weiser trauten sie allerdings nicht so richtig. Sie stuften ihn als Hetzer und als nicht besonders intelligent ein, hofften aber auf andere Köpfe im Vorstand, von denen auch mildere Töne zu hören waren. Er war für sie ein Schreihals.

Sein Kollege Andreas war Thorsten im Büro schon manches Mal mit einigen positiven Bemerkungen über die Neue Partei aufgefallen. Er hätte Thorsten gerne als Wahlkampfhelfer an seinem Stand gehabt.

„Du lernst dann auch Hans und Claudia und andere interessante Leute kennen", versuchte Andreas ihn zu locken. Doch Thorsten blieb bei seiner Einstellung. Er war nicht der Typ, der sich in den Vordergrund schieben und Einsatz zeigen wollte.

Der Wahlkampf

Die traditionellen Parteien der Linken Sozialen und der Christlichen hatten sich in den letzten Legislaturperioden aufgerieben oder waren ausgeblutet. Beide hatten sich immer weiter zur Mitte hinbewegt und boten damit für den Normalbürger keine Unterscheidungsmöglichkeit mehr. Die Regierungen wollten es allen Bürgern recht machen und hatten damit ihre traditionellen Positionen aufgegeben. Die machtbewusste Kanzlerin sorgte dafür, dass keiner ihrer möglichen Konkurrenten innerhalb ihrer Partei eine einflussreiche Position erreichen konnte. Die jungen Mitglieder verließen sie enttäuscht. Dank der anhaltend sehr guten wirtschaftlichen Konjunktur wurde viel Geld ausgegeben, zum Beispiel für die Renten. Die dringendsten Probleme, wie Bildung und Erneuerung der Infrastruktur, wurden nicht angegangen. Die Regierungsparteien zerstritten sich über unwichtigen Dingen, ohne Zukunftsprobleme anzupacken. Hinzu kam, dass ihre Politiker meinten, dass sie Wähler von der Neuen Partei zurückgewinnen könnten, indem sie deren Meinungen übernähmen. Das wirkte nicht überzeugend. Die Wähler dankten es ihnen nicht. Die Umfragewerte für das Regierungslager lagen in der Zwischenzeit bei weniger als 20 Prozent. Beinahe 45 Prozent wollten bei der anstehenden Wahl die Neue Partei wählen. Die Bunten lagen immerhin bei 35 Prozent. Würde die Neue Partei bei der Wahl in zwei Monaten auf über 50 Prozent kommen, so könnte sie den Kanzler stellen. Viele Institutionen, Religionsgemeinschaften und auch die Industrie waren alarmiert. Gemäßigte Vertreter der Partei versuchten zwar die Gemüter zu beruhigen, jeder erinnerte sich aber mit Grausen an die nationalpopulistischen Reden von Hans Weiser, Claudia Penn, Tim Schwarz und anderen. Diese wollten die ausländische Industrie zurückdrängen, die heimische Industrie zwingen, in diesem Land zu produzieren, und Schutzzölle einführen.

Vertreter der Industrie trafen sich mehrmals und diskutierten mit Betriebsräten und Gewerkschaftlern die Lage. Man war sich einig, dass es schädlich wäre, wenn die Industrie eindeutig Position bezöge. In einem Geheimdokument des Vorsitzenden der Stahlindustrie von Blumenberg wurde auf die

Stärken der Industrie bei der Durchsetzung ihrer Belange während der letzten hundert Jahre verwiesen. Kritische Stimmen erinnerten aber auch daran, dass die Industrie während der Zeit rechts- oder linksgerichteter nationalautoritärer Regierungen ihren wirtschaftlichen Handlungsspielraum verloren hatte. Sie war abhängig geworden.

Die Situation in einigen europäischen Ländern und in Übersee war inzwischen auch nicht besser, der Protektionismus wurde wiederentdeckt. Die lachenden Dritten waren die wachsenden ostasiatischen Staaten. Emre als Spitzenkandidat der Bunten Partei hatte inzwischen gute Kontakte zur Industrie aufgebaut. Er war weiterhin für den freien Handel und warb auch offen dafür. Die Industrie brauchte manchmal Anreize vonseiten der Politik, wie er es nannte, um die Entwicklung in die richtige Richtung zu lenken. Eines seiner wichtigen Anliegen war es, den LKW- und PKW-Verkehr zurückzudrängen und stattdessen den Schienenverkehr stärker auszubauen. Von Blumenberg nahm diesen Punkt gerne auf und wies darauf hin, dass auch die Politik manchmal Anreize vonseiten der Industrie brauchte.

Für Hans Weiser waren diese Diskussionen ein gefundenes Fressen. Er sprach von Absprachen und Klüngelei der Industrie mit der Bunten Partei und sah sich in seinen Ansichten bestätigt. Die Industrie sei nur auf Profit aus, die Bosse wollten hohe Boni, und die Bunte Partei sei Teil dieses Systems. Auf einer Wahlkampfveranstaltung fasste er zusammen:

„Die Industriebosse bestimmen, was in diesem Land gemacht wird, die Bunten wollen noch mehr Flüchtlinge, der

Spitzenkandidat, ein Moslem, will noch mehr Moscheen und dass dieses Land muslimisch wird. Ich zitiere aus einem Geheimpapier, das mir zugesteckt worden ist", brüllte Hans in das Mikrofon. „Nach Übernahme der Macht wird ein Abkommen mit islamischen Ländern vereinbart, dass diese Menschen ohne Pass einreisen und bei uns wohnen dürfen. Im nächsten Schritt sollen alle Staatsdiener, ob Beamte oder Angestellte, zum Islam übertreten oder ihren Job verlieren."

50.000 Menschen brüllten auf dem Messeplatz. Sie waren gekommen, um den Spitzenkandidaten der Neuen Partei Hans Weiser und auch Claudia Penn zu hören. Die Polizei hatte ganze Straßenzüge abgesperrt. Aus Angst vor Rangeleien mit Gegendemonstranten hielten die meisten Geschäfte ihre Türen verschlossen. Die Polizei hatte sich vor beinahe jedes Geschäft postiert. Die Anwohner hatten entweder die Fensterläden heruntergelassen oder Fahnen aus den Fenstern gehängt, je nachdem, wen sie unterstützten. Aus Protest gegen diese Wahlkampfveranstaltung hatten die Kirchen und die Imame erst zum Gottesdienst und dann zur Gegendemonstration aufgerufen. Man hatte sich abgesprochen, zur gleichen Zeit alle Kirchenglocken läuten zu lassen, und zwar während der Rede von Hans Weiser. Die technischen Helfer der Neuen Partei hatten extra starke Lautsprecheranlagen installiert. Hans sollte das Kirchengeläut übertönen. Die Technik siegte. Er brachte die Menge in Rage.

„Jeder Moslem, der hier von uns durchgefüttert wird, kann in den nächsten fünf Minuten irgendwo eine Bombe hochgehen lassen. Wer schützt uns denn noch? Diese Bombenleger können sich prima in der Masse von ihresgleichen verstecken.

Die findet kein Polizist." Er schrie in das Mikrofon: „Bei uns leben inzwischen mehr als vier Millionen Moslems. Die wollen doch nur eins: unser Land in einen islamischen Staat umwandeln. Wollt ihr euch das gefallen lassen? Der Koran ist dann das Gesetz. Ihr Frauen da draußen, ihr müsst dann zu Hause bleiben, und das solltet ihr auch, denn die Moslems dürfen euch jederzeit vergewaltigen."

Wieder ein Aufschrei der Menge. Hans konstruierte dann Geschichten, die sein Publikum hören wollte.

„Menschen werden von Fremden umgebracht, Leute wurden entlassen, weil Flüchtlinge den Job bekamen oder Industriebetriebe ihren Sitz in ein Billiglohnland verlegt haben. Diesen armen Leuten wurde doch tatsächlich angeboten, mit ins Ausland zu gehen und zu den dortigen Hungerlöhnen zu arbeiten."

Dr. Morgen war begeistert von seinem Schüler. Claudia Penn stand im Hintergrund, Hans Weiser war in den letzten Jahren an ihr vorbeigezogen. Sie hatte selbst von dieser Position geträumt und war neidisch. Sie wusste, dass er nicht nur Freunde in der Partei hatte. Dr. Morgen hatte in der Vergangenheit die eine oder andere Bemerkung gemacht. Ich werde abwarten, dachte sie.

„Eigentlich ist für uns Männer der Islam gar nicht schlecht. Wir können so viele Frauen haben, wie wir wollen. Wenn wir sterben, haben wir 99 Jungfrauen um uns. Das wäre doch super, oder?", krakeelte Hans. Dr. Morgen war beinahe zufrieden mit seinem Werk. Es fehlten nur noch zwei Schritte: erstens die Wahl zu gewinnen und dann, zweitens ... Ein kurzes Lächeln glitt über sein Gesicht.

Am Ende der Veranstaltung war zu einer Pressekonferenz eingeladen worden. Hans Weiser, Claudia Penn und zwei weitere Vertreter der Partei saßen auf dem Podium. Claudia Penn schaute in den Raum und begann:

„Ich hoffe, Sie haben richtig gesehen, welches Wählerpotenzial die Neue Partei hat. Also versuchen Sie nicht wieder, alles im Sinne der Lügenpresse falsch darzustellen. Es waren Hunderttausende da."

Die Journalisten kannten diese Litanei schon, waren über diese Unverfrorenheit aber doch entsetzt. Einer fragte:

„Herr Weiser, können Sie uns Beweise für dieses Geheimpapier zeigen? Haben Sie Namen von Kontaktpersonen?"

„Sie werden das, wie üblich, als Lüge bezeichnen", erwiderte Hans herablassend, „egal was ich sage. Ob ich nun Beweise habe oder nicht. Aber wir haben Beweise."

„Dann zeigen Sie sie uns doch!"

„Die nächste Frage bitte."

„Wie wollen Sie gegen die Industrie regieren? Denken Sie an die Arbeitsplätze."

„Mit harter Hand. Arbeitsplätze sind immer als Druckmittel eingesetzt worden. Aber unter einem Kanzler der Neuen Partei wird das nicht mehr so sein."

„Als möglicher Kanzler einer neuen Regierung, was wären Ihre ersten Schritte in der Gesetzgebung?"

„Alle Ausländer raus. Der Islam wird in diesem Land verboten."

„Ist das Ihr Ernst?"

„Meinen Sie, ich scherze?"

„Frau Penn, falls Sie nicht die absolute Mehrheit bei den Wahlen bekommen, wen würden sie als Koalitionspartner wählen?"

„Vielleicht die Reste der Christlichen Partei, wenn sie einsichtig sind. Falls nicht, würden wir in die Opposition gehen und auf die nächsten Wahlen warten. Ich glaube allerdings nicht, dass eine Regierung aus den Rest-Parteien lange halten würde."

Die Pressekonferenz zog sich mit den üblichen Wahlkampfreden dahin.

Emre hatte sich die Wahlkampfveranstaltung im Fernsehen mit Schaudern angesehen. Auf der nächsten Vorstandssitzung wurden die aktuellen Umfrageergebnisse besprochen. 43 Prozent für die Neue Partei, 31 Prozent für die Bunte Partei. Der Rest zersplittert unter sechs weiteren Parteien. Die jetzige Regierung würde zusammen auf noch nicht einmal 19 Prozent kommen. Klaus Behle, der Vizeparteivorsitzende der Bunten Partei, haute auf den Tisch.

„So kann das nicht weitergehen! Wir werden hier mit Lügen und Vorwürfen konfrontiert und verteidigen uns nicht einmal gebührend! Wir können nicht immer nur sagen, das ist falsch. Wir müssen leider auf ihre Art weitermachen. Die Anhänger von denen wollen es doch nicht anders."

„Was schlägst du vor?" Emre war müde. Sollten sie jetzt den Wahlkampf erneut verschärfen?

„Hans Weiser muss diffamiert werden. Wir gehen hart an die Grenze. An jedem Gerücht ist etwas Wahres dran."

„Zum Beispiel?"

„Hand Weiser hat Sex mit mehreren Frauen. Wir wissen, dass er hier und da seine Frauen hat. Oder diese Penn. Sie hat, und das ist tatsächlich wahr, eine riesige Villa auf einer griechischen Insel und eine Briefkastenfirma in einem Niedrigsteuerland. Ein Großteil ihrer Steuern geht an unserem Fiskus vorbei."

„Warum haben die Medien das noch nicht gebracht?", fragte Emre.

„Sie haben es, aber nie auf Seite 1."

Die Recherchen waren schnell erledigt. Der Text wurde mit Bildern neu aufgemacht. Hans Weiser in der einen Zeitung, Claudia Penn in der anderen.

SO BELÜGEN EUCH DIE ANFÜHRER DER NEUEN PARTEI, lautete die Schlagzeile. Auf den nächsten Veranstaltungen der Bunten wurden diese Themen jetzt ausgeschlachtet. Emre erinnerte immer wieder daran, dass nur ein sehr geringer Anteil der Vertreter der Neuen Partei noch in einer der christlichen Kirchen war, dass sie sich aber zu den Rettern des christlichen Abendlandes ausgerufen hatten. Historische Vergleiche waren kein Tabu mehr. Es wurde der schmutzigste Wahlkampf, den es je in diesem Lande gegeben hatte.

Unsicherheiten

Thorsten Schmitt war zufrieden. Die letzten Wahlprognosen sahen die Neue Partei als Sieger, jedoch würde keine der anderen Parteien mit ihnen eine Regierung bilden. Thorsten und Beate würden mit ihrer Stimme ihren Unmut über die jetzige Regierung ausdrücken. Durch den zu erwartenden hohen Stimmenanteil der Neuen Partei müsste, nach Thorstens Meinung, jede neue Regierung mehr auf die Forderungen dieser Wähler Rücksicht nehmen. Dazu gehörte auch, dass keine neuen Flüchtlinge ins Land dürften.

„Was aber passiert, wenn die Bunten die Wahlen gewinnen?", fragte Beate sorgenvoll. „Werden die sich trauen, ihren islamischen Emre als Kanzler vorzuschlagen? Was passiert dann im Land?"

„Die Moslems würden die Oberhand bekommen", sagte Thorsten. „Und dann steht es schlecht um unser Land. Wir können uns das nicht gefallen lassen."

„Papa, wenn Emre Saymed Kanzler wird, kannst du dir eine zweite Frau nehmen", sagte Alina kichernd.

Beate unterdrückte eine Bemerkung über Helen. Sie schaffte es noch nicht, ihre Beziehung zu Thorsten wieder zu normalisieren. Er war erst vor Kurzem aus den USA zurückgekehrt und hatte sich nie eindeutig von dieser Frau losgesagt.

„Ihr werdet euch schon noch umsehen, wenn dieser Emre Kanzler wird. Dann wirst du als Erstes mit einem Kopftuch herumlaufen, und mit Miniröcken und Pulli mit tiefem Ausschnitt ist dann auch Schluss", antwortete Thorsten.

„Ihr seht das immer nur schwarz. Emre hat mit Religion überhaupt nichts am Hut", entgegnete Alina.

„Du glaubst doch wohl nicht, dass ein Moslem, wenn er erst einmal an der Macht ist, nicht den Islam als Staatsreligion einführt", sagte Thorsten ärgerlich.

„Und für mehr Sicherheit wird er auch nicht sorgen", ergänzte Beate. „Es wird ein Chaos werden."

„Wirst du tatsächlich diesen Schwachkopf Hans Weiser wählen?", empfing ihn sein Kollege Bernd im Büro.

„Aber sicher werde ich die Neue Partei wählen. Schon weil ich alle anderen Parteien ablehne, werde ich das tun. Die haben doch abgewirtschaftet. Alles nur noch Klüngel. Sie machen, was sie wollen, über unsere Köpfe hinweg. Außerdem haben wir schon zu viele Asylanten."

„Glaubst du wirklich, ein Hans Weiser oder eine Claudia Penn werden da großartig was ändern? Sie gehören doch schon selber zum Establishment und benehmen sich auch so. Dieser Hans ist ein reiner Machtmensch. Dummheit und Bauernschläue sind eine fatale Mischung. Und er wiegelt die Massen auf. Er ist sehr gefährlich. Man sagt, ein noch gefährlicherer Mensch steht dahinter. Dieser Dr. Morgen."

„Das glaube ich nicht", erwiderte Thorsten. „Die Leute der Neuen Partei haben schonungslos die Machenschaften der anderen Parteien offengelegt."

„Und selber ihr Haus im Süden, und Steuern hinterzogen. Sie haben die Massen hinter sich gebracht. Aber welche Antworten haben die für die eigentlichen Probleme?"

„Die Fremden müssen raus. Die saugen uns aus. Wie viel Geld müssen wir in sie stecken? Und was haben wir davon?"

„Neue Arbeitskräfte. Uns fehlen viele. Wir haben zu wenig Kinder in die Welt gesetzt. Und wir haben eine moralische Verantwortung."

„Das ist doch alles Quatsch. Nicht wir haben diesen Krieg angefangen. Sollen sich doch die Verursacher um die Flüchtlinge kümmern. Unserer Wirtschaft geht es sehr gut."

„Aber nicht mehr lange, wenn nicht junge Fachkräfte sie in Schwung halten können", erklärte Bernd.

„Dafür brauchen wir nicht alle, die hierhergekommen sind. Und in dieser Masse verstecken sich die vielen Terroristen und diejenigen, die unserem Land den Islam aufzwingen wollen."

„Glaubst du den Quatsch wirklich? Bei vielen Ungebildeten mag das ziehen, aber bei dir? Willst du wirklich so einen wie Hans Weiser als Kanzler? Er und seine Partei haben keine Antworten auf Fragen wie globale Erwärmung, Altersarmut oder dergleichen. Sie sagen einfach nichts dazu."

„Oh doch. Die globale Erwärmung ist doch nur eine Finte, um bestimmte Industriebereiche kaputtzumachen. Die hat die ostasiatische Konkurrenz in die Welt gesetzt. In der Erdgeschichte gab es immer wieder Wärme- und Kälteperioden", erklärte Thorsten. „Wir brauchen die Kohlekraftwerke. Hätten wir mehr von ihnen, wäre unser Strom billiger. Und wir wären nicht abhängig von Öl und Gas."

„So viele Wissenschaftler können nicht irren. Du kannst doch denken!" Bernd versuchte Thorsten von der wissenschaftlichen Seite her zu überzeugen.

„Ich glaube ihnen aber nicht. Du bist also der Überzeugung, Populisten leugnen die Wahrheit und verkünden nur ihre eigene Meinung? Machen sich ihre eigene Wahrheit? Sind Wahrheitsmacher?"

„Wer glaubt, der denkt nicht. Schalte besser dein Gehirn ein. Wenn du vor lauter Ablehnung die demokratischen Parteien nicht wählen willst, dann geh wenigstens nicht zur Wahl, als der Neuen Partei deine Stimme zu geben. Und bedenke, diese Leute sind gefährlich. Schau dir nur die Anschläge auf Flüchtlinge und auch auf Politiker an. Glaub nicht, dass sie nach der Wahl sanft wie ein Lamm werden!

Wenn es schlimm kommt, zetteln die noch einen Bürgerkrieg an."

Es war Bernd unbegreiflich, wie ein so gescheiter Kollege diesen Unsinn glauben konnte. Thorsten setzte sich an seinen Schreibtisch. Die Aggressivität dieses Wahlkampfes bereitete ihm in der Tat Sorgen, und Bernd war nicht der Erste, der vor einem Krieg warnte. Thorsten war aber dennoch entschlossen, seine Stimme der Neuen Partei zu geben, dieses Mal als Ausdruck seines Protestes.

Der Wahlsieger

Der Wahltag begann mit schönstem Sonnenschein. Das frühlingshafte Wetter im Spätwinter passte gar nicht zu der Stimmung im Land und den Auseinandersetzungen. Würde es einen positiven Einfluss auf den Ausgang der Wahl haben? Schon früh waren die Menschen unterwegs, um ihre Stimme abzugeben. Obwohl es verboten war, wurde auch noch auf diesen letzten Metern Wahlkampf gemacht. Fahrdienste von politischen Organisationen waren an ihren Aufschriften zu erkennen. Zusätzliche Hinweisschilder zu Wahllokalen waren mit Emblemen der politischen Organisationen gekennzeichnet. Besonders viele waren in den Farben der Neuen Partei zu sehen. Viele Menschen verbanden ihren Gang zur Wahlurne mit einem Spaziergang durch die Stadt, in den Park oder in den Zoo. Vorsichtig zeigte sich das erste Grün zwischen den Schneeglöckchen. Viele Leute, ob jung oder alt, waren Händchen haltend unterwegs. Einige Cafés und Eisdielen hatten extra heute geöffnet. Demonstrativ liefen auch Emre und Katia Hand in Hand durch die Straßen der Hauptstadt. Sie waren gestern angereist. Immer wenn er in Berlin war, wohnte Emre in dem kleinen Apartment, das er schon vor einigen Jahren gemietet hatte. Tochter Laura durfte das Wochenende bei ihren Großeltern verbringen.

Viele Menschen grüßten freundlich, manche wünschten viel Glück, andere wechselten spontan zur anderen Straßenseite, wenn sie Emre erkannten. Seine Bodyguards hielten sich in einem angemessenen Abstand, im Notfall sollten sie jedoch eingreifen können. Hans Weiser und Claudia Penn gaben demonstrativ ihre Stimme in ihren Bezirken ab. Sie waren unter sich. Anschließend reisten auch sie in die Hauptstadt.

Hans erlebte den Nachmittag im Restaurant zur Spreequelle. Ein Glas Bier hatte er sich gegönnt. Hier traf er sein Publikum. Hier konnte er seine Meinung wieder zum Besten geben. Später spazierte er durch seine Straßen. Die Sonne ging früh unter, und die aufkommende Kälte schickte die Menschen zurück in ihre Häuser. Die Spannung auf die ersten Trendmeldungen war den Menschen anzusehen.

Jede zur Wahl angetretene Partei hatte in ihre Zentrale zur Party eingeladen. Emre und Katia waren schon eine Stunde vor Schluss der Wahllokale dort eingetroffen und fieberten mit den Versammelten den Hochrechnungen entgegen. Um 18:02 erschien die erste auf den Bildschirmen: Es war totenstill im Saal. Erst nur überraschte Gesichter, nach wenigen Sekunden der freudige Jubel. Jeder umarmte spontan seinen Nachbarn. Tränen der Freude liefen. Andere sahen immer noch ungläubig

215

oder auch skeptisch zu den Monitoren. Zahlen bewegten sich nach oben und unten, stellten das Ergebnis aber nicht infrage. Emre fand kaum Zeit, Katia zu umarmen; jeder wollte der Erste sein, der ihm gratulierte. Kaum kam er dazu, sich die Zahlen genauer anzuschauen. Einen skeptischen Blick warf er auf das Ergebnis der Neuen Partei: sie war nur zweitstärkste Kraft geworden.

Emre war stolz und überglücklich. Er hatte es geschafft, die Wahl zu gewinnen. Mit 36,5 Prozent der Stimmen hatte niemand gerechnet. Die Neue Partei kam mit 32,7 Punkten auf den zweiten Platz. Die Partei der Linken Sozialen bekam 16,3 und die Partei der Christlichen 13,8 Prozent. Damit war die Neue Partei weit von ihrem Ziel entfernt, 40 und mehr Prozent der Stimmen zu bekommen.

Obwohl sie nicht Wahlsieger waren, feierten die Anhänger der Neuen Partei euphorisch. Ihre Punktzahl hatte sich seit der letzten Wahl immerhin um 25 Prozent verbessert. Der einstimmige Tenor war: Das nächste Mal schaffen wir den Sieg! Viele stießen schon einmal darauf an. Dr. Morgen flüsterte Hans etwas ins Ohr, der daraufhin das Mikrofon ergriff:
„Ich danke euch für die vielen Stimmen, die ihr der Neuen Partei gegeben habt! Das nächste Mal werden wir gewinnen. Und ich werde verhindern, dass unser Land eine islamische Republik wird!" Die letzten Worte waren kaum zu verstehen gewesen. Tosender Beifall und Sprechchöre flammten auf.
„Lasst uns die Nationalhymne singen", brüllte er ins Mikrofon.

Noch in der Wahlnacht kam es auf den Straßen zu erneuten Ausschreitungen. „Wahlbetrug!", wurde an vielen Orten gerufen. „Diese Wahlen waren manipuliert!", schrien radikale Anhänger der Neuen Partei und randalierten vereinzelt. Hans Weiser und Claudia Penn, die schon vor der Wahl von geplanter Manipulation geredet hatten, drohten bei den ersten Interviews in der Parteizentrale mit Wahlüberprüfungen und Anzeigen.

Die Fernsehsender hatten am Wahlabend zur Diskussion mit den Parteiführern geladen. Der Wahlsieger Emre Saymed hob hervor, dass die Vertreter der Neuen Partei offensichtlich nicht so viele Wähler mit ihren demagogischen Sprüchen überzeugen konnten, wie sie gehofft hatten.

Hans Weiser, dem man seine Wahlniederlage deutlich ansah, argumentierte gleich mit den bekannten Behauptungen. Für ihn war immer noch Wahlkampf:

„Diese Wahl ist manipuliert worden. Wir werden das überprüfen lassen. Sollte es nicht anders gehen, werden wir in die Opposition gehen, einen harten Kampf führen und zeigen, dass wir recht hatten." Er sprach mit hochrotem Kopf.

„Wir werden mit allen Mitteln die Einführung einer islamischen Gesellschaft verhindern", drohte er. „Wenn es sein muss, mit Waffengewalt."

„Sie drohen hier offen mit Waffengewalt?", fragte ein Reporter.

Dr. Morgen gab Hans ein Zeichen, sich zurückzuhalten. Er hatte ganz andere Pläne.

Emre versuchte, versöhnlich die Hand zu reichen, und sprach davon, ein Kanzler aller Menschen im Lande sein zu wollen. Er betonte noch einmal, dass dies ein Land mit religiöser Freiheit sei, dass es eine strikte Trennung von Staat und Religion gebe und niemand hier muslimisch werden müsse. Sein letzter Satz war bewusst etwas sarkastisch ausgedrückt. Im Hintergrund standen Norbert Schebert und Dr. Morgen und sprachen kein Wort miteinander.

Anschließend fuhr Emre zurück in die Parteizentrale. Länger als sie eigentlich wollten, blieben er und Katia auf der Wahlparty seiner Partei. Immer wieder wurde er in Gespräche mit Anhängern und Journalisten verwickelt. Müde fuhren sie weit nach Mitternacht in ihr Apartment. Beide fielen todmüde ins Bett.

Emre würde jetzt noch viel mehr Kraft als vorher brauchen, und er werde in die Hauptstadt umziehen müssen, sagte er am nächsten Morgen. Es wäre schön, wenn Katia und Laura auch mitkämen. Doch Katia wollte München nicht verlassen, schließlich hatte sie hier eine feste Anstellung. In der Hauptstadt würde sie erst eine neue Arbeit finden müssen – und wie lange würden sie dortbleiben?

Die Zeitungen im In- und Ausland waren, je nach politischer Richtung, mehr oder weniger voll des Lobes über den Ausgang der Wahl. Jenseits des Atlantiks sah man eine Ausdehnung der islamischen Staaten weit nach Westen, und es wurde über ein weiteres Einreiseverbot diskutiert. Die meisten Regierungen schickten Glückwünsche zur Wahl.

Ununterbrochen ging am nächsten Morgen die Klingel, Blumensträuße und Glückwünsche wurden gebracht. Bis sich eine Nachbarin an der Tür meldete. „Haben Sie die Schmiererei an der Haustür und Wand schon gesehen?"

Jetzt werden alle Moslems abgestochen. Wie Schweine. Und Emre ist der Erste.

Emre ging nachsehen und er war geschockt, als er es las, viele Menschen gingen vorbei und schüttelten den Kopf. Von der anderen Straßenseite kam ein lautstarker Kommentar: „Ich werde kein Moslem!" Emre ging zurück in seine Wohnung. Katia war den Tränen nah.

„Muss das sein? Wir sind nicht mehr sicher."

Emre schaltete seinen Laptop ein. Die Mailbox war gefüllt mit Hunderten von Mails und Kommentaren auf Twitter. Die meisten Mails bekundeten Freude und Zustimmung, doch es waren auch mehrere Beschimpfungen und sogar Morddrohungen dabei. Damit hatte er gerechnet.

„Ihr sollet mit mir in die Hauptstadt kommen und in einem geschützten und bewachten Haus wohnen", meinte er.

„So habe ich mir mein Leben nicht vorgestellt. Ich habe mehr Angst als damals in der Türkei!", sagte Katia.

„Das bezwecken diese Leute. Wir sollen Angst bekommen und uns verdrücken. Aber ich werde mich zum nächsten Kanzler wählen lassen und werde auch meine Arbeit tun."

Über sein Handy meldete sich die Sicherheitsfirma seiner Partei. Sie hätten jetzt mit der Polizei Personenschutz für ihn und seine Familie organisiert. Eine Wache werde dauerhaft vor ihrem Haus stehen. Über die Schmierereien seien sie informiert, ein Maler sei beauftragt, sie zu übertünchen.

Katias Mutter hatte es geschafft, sie in ihrem Berliner Apartment anzurufen. Sie gratulierte ihrem Schwiegersohn und konnte die ganze Geschichte immer noch nicht glauben. Laura war weniger überschwänglich. Sie wollte gerne in München bleiben.

„Weißt du", sagte Katia zu ihrer Tochter, „es ist besser, wenn wir mit Papa in die Hauptstadt umziehen. Du wirst dort neue Freunde finden, ich werde auch neue Freunde suchen müssen." Doch Laura war traurig.

Emre Saymed wurde in der geschmückten Parteizentrale überschwänglich begrüßt. Der strahlende Vorstand trat vor die Presse und ließ sich feiern. Neben Worten des Dankes wurden auch besorgte Worte zur momentanen Lage und zum Wahlkampf gesprochen. Emre betonte, dass sofort mit der Basisarbeit, der Arbeit auf der Straße begonnen werden sollte. „Nach der Wahl ist vor der Wahl", sagte er. „In Zukunft sollen sich alle Menschen wieder vertreten fühlen. Den einfachen Menschen soll ein offenes Ohr geschenkt werden. Alle Arbeit muss als solche anerkannt und bezahlt werden. Alle Fremden müssen schnellstmöglich integriert werden." Dann kam er auf die Schmierereien an seinem Haus zu sprechen. „Dieser Hass muss ein Ende haben!"

Kritische Stimmen kamen auf, ob nicht Parteien in die Opposition gehen sollten. Für eine Mehrheit waren schließlich nicht alle Parteien notwendig, vor allem wollte man die Opposition nicht alleine der Neuen Partei überlassen. Das könne zu einem Desaster werden. Sie würden in der Rolle als alleinige Oppositionspartei zu viel Bedeutung haben. Das Ziel solle vielmehr sein zu zeigen, dass diese Leute nicht zu einer demokratischen Arbeit imstande waren.

Währenddessen trafen sich Hans Weiser und Dr. Morgen. Sie hatten ihr Ziel der Machtübernahme nicht erreicht. Für Dr. Morgen war klar: Hans war ausgebrannt und sollte die Opposition nicht führen, Claudia Penn wäre dafür besser geeignet. Außerdem hatten sich die anderen Parteien zu sehr auf ihn eingeschossen. Bei der Behandlung eigener Parteifreunde hatte er auch nicht immer eine gute Figur abgegeben; er war in eine Machtposition gekommen und hatte sie ausgenutzt: Einige hatten gehen müssen, einige waren von sich aus gegangen. Dr. Morgen, die Macht hinter den Kulissen, hatte das zwar organisiert, wollte einen Streit innerhalb der Partei aber vermeiden.

Hans' Rolle könnte eine ehrenvolle werden, sagte Dr. Morgen, eine sehr ehrenvolle. An diesem Abend sprachen sie lange miteinander. Hans war enttäuscht und wütend. Nicht Dr. Morgen oder Claudia Penn waren seiner Ansicht nach die Schuldigen für die verlorene Wahl, sondern der Fremde Emre Saymed. Ihm schwor er Rache. Dr. Morgen kam seinem Ziel näher.

Emre hatte sich schon länger Gedanken zu einer möglichen Regierungsbildung gemacht. Er wollte Politiker dabeihaben, die einerseits bereit waren zu helfen die Wogen zu glätten, andererseits fähig sein sollten, Wege in die Zukunft aufzuzeigen. Sein Berater Norbert Schebert stand ihm auch hier zur Seite. Das letzte Wort würden natürlich die Parteivorstände haben. Für die anstehenden Koalitionsgespräche wurden sämtliche demokratischen Parteien eingeladen. Emre wollte Wort halten und sie alle an der Regierung beteiligen, so wie er es in den Vorgesprächen versprochen hatte. Das Land war in einer schwierigen innenpolitischen Situation, und bei deren Lösung sollten sämtliche demokratischen Parteien beteiligt werden. Eine erste gemeinsame Gesprächsrunde war im Kongresszentrum für den nächsten Montag vorgesehen.

Die Gespräche verliefen bestens, zwei Parteien schieden freiwillig für die Regierungsbildung aus. Emre hatte dennoch eine gute Mehrheit. Am nächsten Tag sollten die Gespräche abgeschlossen und die Regierungsziele veröffentlicht werden. Alle Beteiligten strahlten Zuversicht aus.

Es war ein schöner, vorfrühlingshafter Tag. Viele Menschen hatten sich in der Hauptstadt versammelt und freuten sich über den Ausgang der Wahl. Sie erhofften sich auch ein Ende der Anfeindungen und einen zivilisierteren Umgang miteinander. In den Straßencafés und auf den Plätzen gab es nur ein Thema: Kann die neue Regierung unter Emre Saymed das Land wieder einigen?

Vertreter aller demokratischen Parteien waren anwesend, als die Koalitionsurkunde in Gegenwart von Journalisten aus aller Welt im blumengeschmückten Saal unterzeichnet wurde. Auffallend war, dass niemand von der Neuen Partei anwesend war. Die Vertreter der neuen Regierung betraten den Saal und wurden mit großem Applaus begrüßt. Auf dem Podium waren die Unterschriftsseiten der Koalitionsverträge ausgelegt. Emre setzte zuerst seine Unterschrift auf das Dokument, dann folgten die anderen Politiker.

Hans hatte sich die Nacht über in der Halle versteckt. In der Uniform eines Saalordners trug er einen Koffer an das Podium, stellte ihn vor Emre ab. Die Detonation erschütterte das gesamte Gebäude. „Tod den Moslems!", hatte der Saalordner noch gerufen.

Eine Demokratie ist nur so stark wie die Menschen, die hinter ihr stehen. Je weniger das sind, desto anfälliger wird sie gegen Angriffe von innen.

Zeitfracht Medien GmbH
Ferdinand-Jühlke-Straße 7
99095 Erfurt, Deutschland
produktsicherheit@kolibri360.de